妖怪の子預かります

廣嶋玲子・作
Minoru・絵

6

東京創元社

人物
久蔵
太鼓長屋の大家の息子
千弥
太鼓長屋に住む
按摩の青年
玉雪
兎の妖怪
梅吉
梅の子妖怪
弥助
千弥の養い子

登場
月夜公
妖怪奉行所
東の地宮の奉行
飛黒
烏天狗
津弓
月夜公の甥
王蜜の君
妖猫族の姫
初音
久蔵の女房。
華蛇族の姫

宗鉄
化けいたち。
妖怪の医者
萩乃
初音の乳母
みお
宗鉄の娘。
半妖
青兵衛
初音に仕える蛙
白蜜
王蜜の君が
化けた子猫
虎丸
大藤屋の守り猫

その他の人物

くら………黒猫の妖怪

おたよ………りんの主。元遊女の紅月

徳助………おたよの亭主。大きな店の主

長助………だんご屋の主

おとき………長助の女房

喜助………長助とおときの息子

清次郎………蠟燭問屋の婿

おさえ………清次郎の女房

十郎………仲人屋

藤一郎………大藤屋の主

おくら………藤一郎の女房

目次

妖怪の子預かります　6

猫の姫、狩りをする

三毛猫りん

急がなくては。遅れてしまう。

暗い河原のやぶの中を、りんは走っていた。

りんは、猫の妖怪だ。妖怪と言っても、力はとても弱い。昼間は三毛の子猫のすがたでしかいられず、使える術もわずかなものだ。

りんが化け猫となったのは、母猫とはぐれてしまったことがきっかけだ。

えさを取りにいったまま、もどってこなかった母猫。ねぐらで母を待っていたときのさびしさは、いまもおぼえている。さびしくて、悲しくて、とにかく会いたくて。

その想いが、りんを化け猫へと変えた。

それから何年もかかり、ようやくりんは母猫との再会をはたした。母は三味線にされていたが、その音色には母の声、匂い、気配があふれていた。

だから、りんは決めたのだ。もう二度と、この三味線のそばからはなれないと。そして、三味線の持ち主である人間を主にしようと。

主となった女は、遊女の紅月といい、いまはおたよの名で、小さな店のおかみとなっている。

おたよのことが、りんは好きだった。口は悪いし、気が強いところもあるが、りんにはすごくやさしい。なでてもらったり、抱いてもらったりすると、うっとりしてしまう。おたよの亭主の徳助も、りんをかわいがってくれている。ずんぐりむっくりしていて、美男とは言えない男だが、なんだかんだと、りんにおいしいものをくれる。

夜は夜で、楽しみな時間だ。おたよが三味線を弾いてくれるからだ。それを徳助の膝の上で聞くのが、いまのりんのなによりの楽しみなのだ。

母のそばにいられて、やさしい主たちにかわいがられて、心も体も満たされていくのを毎日感じる。

この幸せをずっとつづかせたい。この人たちを守りたい。だから、もっと力がほしい。どうしたらもっと強くなれるか、年上の化け猫たちに聞いてみようと、りんは思った。それで、今夜は家を抜けだしてきたのだ。今夜は神無月の満月で、このあたりに住む化け猫たちが月見をする晩だからだ。

そうして河原を駆けぬけようとしたときだ。ふいに、赤ん坊の泣き声が聞こえてきた。

こんなところで赤子の声？　なにかがおかしい。

見すごせなくて、りんは泣き声をたどることにした。

草をかきわけていくと、赤ん坊がいた。松葉もようの綿入れにくるまれ、大きめの石の上に置かれている。

捨て子だと、りんは怒りをおぼえた。こんな寒い夜に、子どもを捨てていくなんて。

とにかく助けなくては。ああ、そうだ。みんなに助けてもらおう。赤ん坊をみんなのところへ連れていこう。

りんは赤い着物をまとった化け猫のすがたとなり、赤ん坊をしっかりとかかえ、歩きだした。赤ん坊は泣きやまなかったが、その泣き声がだんだん弱々しくなっているようで、りんは気が気ではなかった。

早く。早くしないと、手おくれになってしまう。

ようやく、約束の松林が見えてきた。と、向こうからもこちらが見えたのだろう。次々と、松林から化け猫たちが飛びでてきた。

先頭を切ってきたのは、黒い化け猫のくらだった。

「りん！　ど、どうしたんだよ、それ？」

「み、見つけたの。か、か、河原で。こ、この子、凍えそうで」

「どれどれ。……ほんとだ。おおい、美鈴ねえさん。この子をだっこしてやっておくれよ」

「あいよ」

ぶちもようの、でっぷりとした猫が前に出てきた。そのふかふかとした腕に抱かれたとたん、赤子はほっとしたように泣きやんだ。

美鈴に赤子をまかせ、りんは見つけたときのことを話した。

「河原に子を捨てるなんて、ひでえやつがいるもんだ」

「しかも、こんな寒い時期にのぅ。許せんのぅ」

「ほんとに。……いったい、どこの子なんだろうね？」

いきなり、茶月という茶猫が声をあげた。

「そ、その子！　知っていますよ！　だんご屋の長助さんのところの赤ん坊だ！　その綿入れ。まちがいない。長助さんのおかみさんが赤子のためにこしらえたものですよ。……

あの夫婦がこの赤ん坊を捨てるはずがない。やっとできた子どもだからって、目に入れても痛くないほどかわいがっているんだもの。絶対ちがいますよ」

長老格の年寄り猫、お寅が嘆かわしげに言った。

「それじゃ……きっとだれかがこっそり連れだして、捨ててったんだね。むごいことをするもんだよ。……きっと親が心配してるね。早く連れていってやろうじゃないか」

「あ、あたし行く！」

「おいらも！」

すぐさま、りんとくらが声をあげた。他の猫たちも次々と名乗りでる。

そうして、化け猫たちは力を合わせて、子どもをだんご屋の前へと運んでいった。

だんご屋は小さな店で、二階が住居となっている。耳をすませば、上から夫婦の寝息が聞こえてくる。子どもがいなくなったことにまだ気づいていないようだ。

美鈴が赤ん坊を戸口の前に置いた。

「よし、りん。声を出して、長助たちを起こすんだ」

「うん」

りんは、みゃおみゃおと、大声で鳴きだした。その声に、おとなしかった赤ん坊が泣きだした。猫と赤子の合唱は、寝静まった夜にひびきわたる。

と、上のほうで明かりがついた。そしてなにか騒ぐ声と、だだだと、階段を駆けおりてくる物音がした。

化け猫たちはさっと屋根の上に飛びあがった。そのあとすぐ、だんご屋の夫婦が飛びだしてきた。

「喜助?」

「なんでこんなとこに!」

おどろきながら、夫婦はすぐさま赤子を抱きあげた。それを見とどけ、化け猫たちは安心して、その場をあとにしたのだった。


次の日の夜、りんはふたたび家を抜けだした。頭の中はもやもやしていた。

昨夜、赤子を助けられたことは本当によかった。でも、いったいだれが赤子を連れだして、捨てたりしたのだろう？　あんなひどいこと、なぜしたのだろう？

そのことがずっと心にひっかかり、それで夜の散歩に出かけたというわけだ。足は自然と、あの河原へと向かう。

そして……。

りんはあっけにとられてしまった。

昨日とまったく同じ場所に、赤子が捨てられていたのだ。


それから五日間、同じことが起こった。

夜、りんがあの河原に行くと、決まってだんご屋の子、喜助が捨てられているのだ。だから、毎回りんはだんご屋まで赤ん坊を届けてやった。

不思議でならなかった。

どうして毎晩、喜助は同じところに捨てられているのだろう？

だが、ぐだぐだ考えているひまはなかった。風は日に日に冷たくなっている。こんなことがつづいたら、か弱い赤子のことだ、きっと体をこわしてしまう。

けりをつけようと、りんは決めた。

今夜は河原に張りこんで、赤子を捨てに来るやつを待ちぶせすることにした。だれがこんなひどいことをしでかしているのかをつきとめ、とっちめてやらなくては。

くらにも声をかけ、助っ人を頼んだ。

「いいとも。いっしょに行くよ」

くらは頼もしく引きうけてくれた。それだけで、りんは心強かった。

その日の夕暮れ、りんは主人のおたよに鳴きかけた。

「にゃおん」

「なんだい、りん。出かけるのかい？　最近はやけに夜も出かけるねえ。猫には猫のつきあいってものがあるんだろうけど。でも、気をつけるんだよ。寒くなってるからね」

「うにゃ」

「よしよし。それじゃ行っといで。ごはんは取っといてあげるから、早く帰っといでよ」

おたよはきっと知っている。りんが、ただの子猫ではないということを。それでもなにも言わずに、ただの猫としてかわいがってくれている。それがりんにはうれしかった。

おたよの足に体をこすりつけてから、りんは外に飛びだしていった。

河原の葦のしげみには、すでにくらが来ていた。

「くらさん。お待たせ」

「なに、おいらもいま来たところさ。そうそう。ここに来る前にさ、なじみの物売りの兄さんが残り物の干物をくれたんだ。ほら。いっしょに食べようぜ」

「食べたいけど……ごはんを取っておいてくれるって、おかみさんが言ってたから」

「それじゃ、頭のとこだけでも食べなよ。腹がへってちゃ戦はできないからな」

「うん。ありがとう」

二匹はなかよく干物を食べ、それからじっと夜を待った。

やがて、日が暮れ、暗闇がすべてを包みこんだ。

と、がさがさと草をかきわける音がして、女が一人、幽霊のようにあらわれた。

その顔を見たとたん、りんもくらも息をのんだ。女は、だんご屋の女房、喜助の母のおときだったのだ。いやにうつろな表情をしているが、まちがいない。

おときは我が子を抱いていた。ふらふらと、川へと向かっていく。

赤ん坊を川へ投げこむつもりなんだと、りんは毛が逆立つ思いがした。

と、くらが先に飛びだした。唸り声をあげながら、おときのふくらはぎに爪を突きたてる。おときはよろめいた。腕からぽろりと、赤ん坊が落ちる。

とっさに体が動き、りんはなんとか喜助を抱きとめた。

だが、赤ん坊は火がついたように泣きだした。その声を頼りに、おときはこちらに向かってくる。その顔にはいまやおそろしい笑みがうかんでいた。

泣きわめく赤ん坊を必死にかかえ、りんは走りはじめた。おときは追ってきた。足止めしようと、ひっかいたり噛みついたりするくらを無視し、ひたすらりんのあとを追ってくる。その動きは決して速くはない。だが、あきらめることもしない。

ついに、りんは首をつかまれ、持ちあげられた。

「い、いや！」

わめき、暴れたが、すぐに赤ん坊を奪いとられてしまった。

りんはそのまま地面に叩きつけられた。痛くて涙がわいた。

「りん！　だいじょうぶか？」

「へ、平気。それより、あ、赤ん坊が……」

顔をあげれば、おときは、また川のほうへ向かいだしていた。

りんは自分の弱さを恨めしく思った。もっと強ければ、喜助を助けられるのに。

「だれか……助け、て」

思わずこぼれた願いは、白いつむじ風によって巻きとられた。

はっと目をみはったときには、すべてが終わっていた。

おときは宙にうかび、苦しげにもがいていた。

一方、喜助は見知らぬ娘に抱かれていた。

見た目は十歳くらい。長い髪は新雪のように白く、暗闇の中で淡くかがやいている。だが、その髪よりもさらにかがやいているのは、娘の金色の目だ。そこには、すさまじい強さと気品が宿っていた。

「王蜜の、君……」

初めて会う相手だったが、りんは一目でわかった。これは自分の王だと。

化け猫や妖猫にとって、人間の主は守るべきもの、慕うべき相手だ。だが、王はちがう。

王は猫の守り手であり、その存在はひたすら尊い。

この方のためなら、なんでもできる。魂も命も、迷うことなく差しだせる。

感動にふるえながら、りんは頭を下げた。くらも同じようにする。

紅色の唇をほころばせ、王蜜の君は笑った。

「どちらもけがはないかえ？」

「は、はい。あ、あの……王蜜の君が……なぜこんな場所に？」

「なに、たまたま近くを通りかかっただけじゃ。そうしたら、猫のさけびが聞こえるではないか。ただならぬ気配もしたゆえ、急ぎ駆けつけたのじゃ」

来てくれた。王蜜の君は、りんたちのようなちっぽけな妖怪のためにも来てくれたのだ。涙がこぼれるほどうれしかった。

泣いているりんとくらに、王蜜の君はなにがあったのかとたずねてきた。二匹はわかっていることを話した。毎夜河原に捨てられていた赤子のこと、それを食い止めようと待ちぶせをしたこと、やってきたのが赤子の母親だったこと。

話を聞きおえたころには、王蜜の君の瞳は楽しげにきらめきだしていた。

「なるほどなるほど。理由はどうあれ、赤子を、それも我が子を手にかけようとするとはのぅ。この女子、よほどの闇をかかえていると見える。ふふ、魂もさぞかし美しかろう」

ありがたくもらいうけると言うなり、王蜜の君は手をおときの胸に差しこんだ。白い指先が音もなくおときの胸に沈み、そのまま手首までめりこんでいく。

りんは思いだした。王蜜の君は、人の魂を集めるのが好きなのだという。とりわけ、邪悪なものを好むのだとか。

りんとくらが目をみはっている前で、王蜜の君はおときから手を引きぬいた。その愛らしい手の上には、丸い珠がのっていた。

美しい珠だった。ちょうど赤子のこぶしほどの大きさで、水晶のように透きとおっている。芯のほうはほのかな黄色だ。春の日差しを思わせる、温かい色合いだ。

りんはおどろいた。おときのようなひどい女でも、魂はこうも美しいのか。

だが、取りだした魂を見るなり、王蜜の君はがっかりした声をあげた。

「なんと！　この女は善人ではないか。このような澄んだ魂はつまらぬ。いらぬ」

そう言って、王蜜の君は魂をふたたびおときの胸に押しこんだ。

「わらわが求めるのは、もっと毒々しく、欲と悪にまみれた魂なのじゃ。がっかりさせてくれるのぅ。ひさしぶりにおもしろい色のが手に入るかと思うたに」

「で、でも、この人が善人だなんて」

「そ、そうですよ。おときは喜助を殺そうとしたんです。それはまちがいないんです」

りんとくらの言葉に、王蜜の君はふと真顔になった。

「もしかしたら、本人はそのことを知らないのかもしれぬ」

そう言って、王蜜の君はおときをじっくりと見つめた。その口元にまた笑みがうかんだ。

「なるほど。妙なものをつけておるではないか」

王蜜の君はふっと息を吹きかけた。

次の瞬間、おそろしいさけび声がして、なにか黒いものがおときからはがれ、闇の中に逃げていった。

あぜんとしているりんたちに、王蜜の君は言った。

「この母親はなにかにあやつられておったのよ。呪いをかけられ、あやつられ、自分では気づかぬまま、大事な我が子を捨てていたというわけじゃ」

「で、でも、なんでそんな……あやつられてたって、だれにです？」

「そこまではわらわにもわからぬ。ただ……呪ったのがだれであれ、赤子の死を望んでいたのはまちがいあるまい」

「そんな……」

「じゃが、もう心配はいらぬ。呪(のろ)いはわらわが落としたゆえ、送り手にはねかえる。送り手はただではすむまいよ。それより、そなた……」

「あ、は、はい。流(なが)れ猫(ねこ)のくらです。こっちは化(ば)け猫(ねこ)のりんっていいます」

「そうかえ。それでは、くら、とりあえずこの親子を家まで送っておやり」

「はい」

尾(お)の先に青い火の玉を灯(とも)し、くらは喜助(きすけ)を抱(だ)いて歩きだした。そのあとを、おときがついていく。家につけば、術(じゅつ)が解(と)け、今度こそ完全(かんぜん)に我(われ)に返ることだろう。

くらたちが去ったあと、りんは王蜜(おうみつ)の君(きみ)に向きなおり、深々と頭を下げた。

「ありがとうございました。助けていただいて。あたしたちだけじゃなくて、赤(あか)ん坊(ぼう)やおときさんも助けていただいて」

「なに、わらわが猫(ねこ)を助けるのは当然(とうぜん)のことよ。あの親子のことは、まあ、ちょっとしたおまけにすぎぬ」

「それでも、ありがとうございます」

「ふふ。歳(とし)に見合わず、まじめな子じゃな。気に入った。どうじゃ？　このままわらわのそばに仕えぬかえ？」

「えっ？」

以前のりんであれば、よろこんでその申し出に飛びついていたことだろう。王蜜の君のそばにいられるなど、こんなすばらしいことはない。

だが……。

つっかえながらも、りんはことわった。

「あ、あたし……ごめんなさい。ご主人さまのところに帰りたい、です」

おたよと徳助のそばにいたかった。まだまだはなれたくない。

うなだれる小さな化け猫に、王蜜の君はにこやかにうなずいた。

「わかった。では、気が変わったら、いつでもわらわのもとへおいで」

「は、はい」

ぺこりとおじぎをしてから駆けさるりんを、王蜜の君はやさしく見送った。そして、ふとつぶやいたのだ。

「わらわはこれまで人を恋しいなどと思うたことはないが……。人とはそれほどに良いものなのであろうか。人のそばというものは、そこまで居心地の良いものなのであろうか」

ためしてみようかと、ふと思いついた。

そうだ。人のそばにしばらく居ついてみようではないか。これまでにためしたことのないことだ。きっとおもしろいにちがいない。なにより、これでしばらくは退屈しないですむだろう。

自らの思いつきにくすくす笑いながら、王蜜の君はすっとすがたを消した。

根付猫の漁火丸

その日、ふらっと店を抜けだした清次郎は、空を見た。どんよりと曇った冬空は、寒々しくて、重苦しい。まるで自分の心のようだと、思った。

「婿入りなんて、やめておけばよかった」

重い吐息とともに、清次郎は本音をもらした。

清次郎は、もとは小さなろうそく問屋の次男坊だった。だが、老舗のろうそく問屋、瀬賀屋の主人の宋衛門に見こまれ、一人娘の婿として、瀬賀屋にむかえられたのだ。

大きな店への婿入り。しかも、妻となる相手は評判の美人だ。こんな幸運があるのかと、清次郎は何度も頬をつねったものだ。

だが、いざ瀬賀屋に入ってみると、そこは地獄だった。店のことは、女房の父である宋衛門が支配しており、清次郎はなにもさせてもらえない。置物のように、日がな一日、店の奥のすみに座らされているだけなのだ。

瀬賀屋は、清次郎に店をまかせるつもりなど、はなからなかったのだ。一人娘にあとつぎを産ませる相手として選んだだけだったのだ。

味方は一人もいなかった。なにしろ、妻のおさえでさえ、清次郎を見下してくるのだ。せまく暗い部屋を与えられ、使用人と同じ粗末な食事を一人で食べて。

そんな毎日を、一年も耐えてきた。だが、それももう限界だ。

だから今日、逃げるように瀬賀屋を出てきてしまったのだ。

もうあそこには帰りたくない。もどりたくない。

いつの間にか、清次郎は人気のない沼の前に来ていた。沼の水は青く、深そうだ。

いっそ、ここに飛びこんでしまおうかと、ふらふらと前に進みかけたときだ。

「なんじゃ。身投げでもする気かえ？」

愛らしい声がした。

だが、ふりかえっても、だれもいない。ただ、小さな子猫が座っているだけだ。生まれてふた月くらいだろうか。雪のような毛並みに、大きな金の瞳がかがやいている。

子猫は清次郎の顔をまっすぐ見て、口を開いた。その口から、先ほどの声が流れでる。

「まあ、命を粗末にするなとは言わぬがの。ただ、この沼での身投げはやめておくがよい。水がにごると、主が怒る。そうなったら、そなた、簡単には死なせてもらえまいよ」

おそろしいことを平気で言う子猫を、清次郎はぼんやりと見返した。

化け猫だ。人の言葉を話すなんて、これは化け猫にちがいない。

だが、少しもおそろしくなかった。宋衛門やおさえにくらべれば、化け猫などかわいいものだ。清次郎は思わず言葉を返してしまった。

「おまえさんがそう言うなら、身投げはやめとくよ。……かわいいね、おまえさん。このあたりに住んでいるのかい？」

「いや、遊びに来ただけじゃ。あとから連れも来るはずじゃ。それにしても、わらわをかわいいとは、うれしいことを言うてくれるの」

「うん。ほんとのことだもの。あたしが見た中でも一番の美人さんだよ、おまえさんは」

「ふふふ。そうかえ？」

清次郎はなんだかうれしくなってきた。だれかとまともに話すのはひさしぶりだ。たとえ相手が猫であろうとかまうものか。

「ちょいと話し相手になってくれないかい、化け猫さん」

「その呼び方は好かぬ。白蜜というのが、いまのわらわの呼び名じゃ」

「白蜜ちゃんか。ぴったりだ」

　このとき、釣り竿を持った少年が木立の向こうからあらわれた。年ごろは十三かそこら。小柄だが、生き生きとした目をしており、なんとも言えない愛嬌がある。

　少年は清次郎に気づき、足を止めた。そして、その足元にいる子猫を見るや、ぎょっとしたように目を見開いたのだ。察した清次郎は話しかけた。

「白蜜ちゃんの連れって、おまえさんかい？」

「い、いや、その……白蜜ちゃんって、おい！」

　少年は白蜜をにらんだ。

「ひ、人前でしゃべっちゃだめだって、あれほど言ったじゃないか！」

「すまぬ。うっかりしてしもうたのじゃ」

「うそだ！　絶対わざとだ！　ていうか、なんでまたしゃべるんだよ！　ああもう！　これじゃごまかせないじゃないか！」

　少年と猫のやりとりに、清次郎は笑いだした。こうやって笑うのもひさしぶりだ。

「いや、ごめんよ。なんだか、たまらなくおかしくなってねえ。だいじょうぶ。あたしは

白蜜ちゃんのことをだれかに話したりしないからさ。どうせだれも信じないだろうし。……そもそも、あたしの話なんて、だれも聞いてはくれないだろうからね」

顔をゆがめる清次郎を、少年は用心深そうに見ていた。やがて、小さな声で言った。

「だれにも話さないって、約束してくれるかい？」

「もちろんだよ」

「……こわく、ないのかい？」

「あたしのまわりには鬼よりこわいやつばかりだからね。こんなかわいい化け猫くらい、なんともないよ」

清次郎の本気が伝わったのだろう。少年はやっと肩の力を抜いた。

「それじゃ……おれたちはこれで。ほら、王……白蜜さん。もう行こう」

「釣りはもういいのかえ？」

「白蜜さんといっしょじゃ、おちおち釣りもできやしないよ。ほら、帰るよ」

白蜜は逆らわず、少年の肩に飛びのった。

ひきとめたくて、清次郎は思わず言った。

「釣り、好きなのかい？　大物は釣れた？」

「釣れる前に、この白蜜さんがいなくなっちまったから……」

情けなさそうに言い訳しながら、少年は空っぽのかごを見せた。

そこで清次郎は切りだした。

「それなら……教えてあげようか？　こう見えて、あたしはなかなか上手なんだよ」

「そうなの？　それなら……教えてくれる？」

「いいとも。それじゃ、明日の朝五つごろ（午前八時ごろ）にここで待ち合わせしよう。どうだい？」

「いいよ」

少年は弥助と名乗った。

約束を交わし、清次郎は瀬賀屋に帰った。不思議なことに、その日は宋衛門にどなりつけられても、それほどつらくなかった。

早く明日が来てほしい。あの弥助という子と、白蜜という化け猫と、また話したい。

思わず口元がゆるんだのがまずかった。「なにを笑ってるんだい！」と、さらに雷を落とされてしまった。

さて、ところ変わって、貧乏長屋がならぶ下町。そのうちの、太鼓長屋と呼ばれる長屋の一角に、弥助は住んでいる。ふつうの人間ではあるが、妖怪たちの子どもを預かる、子預かり屋でもある。いっしょに暮らす養い親の千弥も、もとは妖怪だ。

というわけで、弥助のまわりはいつもにぎやかだ。夜には、親妖怪が子どもを預けに来たり、顔なじみの子妖怪が遊びに来たりする。

だが、まさか、妖怪の中でも名の知れた大妖怪、王蜜の君を預かるはめになるとは。

預かったのは昨夜だ。王蜜の君がやってきて、「こたびはわらわを預かっておくれな」と言ってきたときは、弥助はそれこそ天地がひっくり返るかと思った。

「なんでだよ！　だ、だ、だって、王蜜の君に子守りなんて、い、いらないじゃないか」

「わたしもまったく同感だね」

千弥も、苦々しげにうなずいた。

「子妖を預かるってだけでも、わたしは気に食わないのに。おまえのような危険な大物にまとわりつかれちゃ、大迷惑だよ。そもそも、おまえは子どもですらないじゃないか」

千弥の言葉にも、王蜜の君はまったくひるまない。笑いながら、ひらひらと手をふった。

「まあまあ、よいではないか。わらわも、たまにはだれかに守られてみたいのじゃ。だいじょうぶじゃ。ここにいる間は、わらわはただの子猫になりすますゆえ」

その言葉どおり、王蜜の君は小さな白猫へとすがたを変えた。

「のう？　これならば、たいした迷惑にもなるまい？　ああ、このすがたでいる間は、わらわのことは白蜜とでも呼んでおくれな」

こうして、王蜜の君は太鼓長屋の招かれざる客となったのだ。

そのときから弥助はいやな予感がしていた。絶対なにか騒動が起きるにちがいないと。

だが、まさか昨日の今日で、さっそくしでかしてくれるとは。

長屋にもどってからも、弥助はぶつくさつぶやいた。

「あれほど他の人間の前では、ふつうの猫のふりをしてくれって頼んだのに。さっきはどうしようかと思ったよ」

「まだぐちぐち言うかえ？　よいではないか。あの男は約束を守ってくれそうじゃ。釣りも教えてくれるというし、願ったりかなったりであろう？」

「……ああ、もう！　だいたい、なんであのおじさんに話しかけたりしたんだい？　魂がお目当てだったわけじゃないんだろ？」

「おや、わかるのかえ？」

「だって、悪い人じゃなさそうだったし。顔色はすごく悪かったけど」

「わらわがさいしょに見たときは、死相が出ておったぞえ」

「え?」

言葉をなくす弥助に、白い子猫は大人びたまなざしをくれた。

「あの男、死ぬつもりであったのよ。あれほどの絶望を宿した目は、見たことがない。どうしてそうなったか知りたくなってのぅ。じゃから声をかけたのよ」

「そ、それで、わけはわかったのかい?」

「まだわからぬ。じゃが、すぐにわかる。ここにもどるまでの間に、この近辺の猫たちに念を送っておいたのじゃ。これこれこういう男について知りたいとな。じきに、知らせがもたらされようよ」

白蜜の言ったとおり、その夜のうちに知らせがもたらされた。伝えに来たのは、白い毛に黒いぶちもようをうかべた、でっぷりと太った化け猫だった。

大きな体をちぢめるようにしながら、その化け猫は白蜜に名乗った。

「あたしは黒紋町一帯をなわばりとする姥猫の美鈴と申します。王蜜の君がお知りになりたいという男のことについて、申しあげにまいりました」

少々緊張しながらも、美鈴はすらすらと話していった。

男の名は、清次郎。歳は二十六。昨年、ろうそく問屋、瀬賀屋に婿入りしたものの、主人一家にいじめぬかれているという。

「それがまた、ひどいいじめ方でございまして。近所でも評判は悪うございます」

「そうであろうな。そうでなくては、ああまで心が病みはすまい」

うなずく白蜜の横で、弥助は言葉をなくしていた。

「あのおじさん……二十六だったのか。てっきり、五十過ぎかと思った。……かわいそうな人だったんだな」

同情する弥助に、横にいた千弥が少しきびしい声で言ってきた。

「弥助、その人に深く関わっちゃいけないよ」

「え、なんで？」

「そういう追いつめられた人間はね、自分にやさしくしてくれる者にすがりつこうとする。そのうち、弥助が息苦しくなるほどからみついてくるに決まってる」

「そんなおおげさな」

「わたしは本気で言っているんだよ」

ひやりとした気配が、千弥の美しい顔からかもしだされた。

「わたしに言わせれば、清次郎って人もどうかと思うね。そんないやな場所にいつまでも居つづけるなんて。そんな人間にうかつに手を差しのべたって、弥助が困らされるだけだ。そして、そんなことはわたしが許さない」

二度と会うなと言われ、弥助はうつむいた。清次郎のまなざしが頭の中によみがえる。捨てられた子犬のような目が、「明日会う」と弥助が約束したとたん、ぱっとかがやいたのだ。あれを裏切るのは、弥助には無理だった。

「釣りを教えてもらうって約束したし……ねえ、千にい。明日だけ会いにいかせてよ」

「だめだよ。二度と会っちゃいけない」

と、白蜜が口をはさんできた。

「まあまあ、千弥。そう固いことを申すでない。こたびの一件は、わらわがなんとかする。じゃから、明日は弥助を行かせてやっておくれな」

「おまえがなんとかするのは当然だよ。もとはと言えば、おまえがぜんぶ悪いんだから」

思いっきりしぶい顔をしながらも、千弥は口をつぐんだ。

一方、弥助は青ざめた。

「し、白蜜さん。なんとかするって、なにする気だい？　まさか、清次郎さんをいじめてるやつらの、魂を抜きとるつもりかい？」

「まさか。たしかにいやらしい者どものようじゃが、わらわのものにするほどの魂ではない。小悪人の魂にはとんと興味はなくてのぅ。じゃが、清次郎には守りをつけてやろうと思う。あの男の心が、これ以上闇に沈まぬようにな」

そう言ったあと、白蜜は宙をあおぎ、つぶやくように声をはなった。

「仲人屋、これにまいれ」

ほどなく、戸口を叩き、仲人屋の十郎が入ってきた。

あちこちで付喪神を見つけ、人間との縁を結ばせる十郎は、いつものようにふろしき包みを肩に背負い、行商人のようなかっこうをしていた。

人なつこい笑みをうかべ、十郎は白蜜にうやうやしく頭を下げた。

「うるわしき白の君。この仲人屋にどのようなご用でございましょう？」

「うむ。そなたの手持ちの付喪神に、たしか、わらわの一族がいたはず。話がしたい。出しておくれ」

「ああ、漁火丸のことでございますね。ようございますとも」

十郎は手早くふろしき包みを解き、手のひらにのるほどの桐の小箱を取りだした。ふたを開け、そのまま白蜜へと差しだす。

箱をのぞきこみ、白蜜は静かに言った。

「わらわの命じゃ。ある男のところに行っておくれ」

箱から猫の鳴き声が返ってきた。


次の日、瀬賀屋の清次郎はわくわくしていた。早く出かけたくてたまらない。だが、まだだめだ。宋衛門たちが出かけたあとでなくては。

今日、宋衛門は妻と娘を連れ、芝居見物に行くことになっている。

もちろん、清次郎は留守番だ。

いつもならくやしさとさびしさに、胸がひきつれただろう。だが、今日はちがう。こちらにも釣りの約束があるのだ。

わざとうなだれてみせながら、清次郎はひたすら宋衛門たちが出かけるのを待った。

おかみとおさえの身支度に時間がかかったものの、ようやく三人がそろった。

「それじゃ行ってくるよ。八兵衛、あとは頼んだから」

清次郎をあえて無視し、宋衛門は番頭の八兵衛にだけ声をかける。八兵衛もよくわかっていて、にやっとして胸を叩いてみせた。

「はい。店のことはおまかせを。楽しんできてくださいませ」

「うん。じゃ、行ってくる」

なにも言わないでいると怒られるので、清次郎は小さく「行ってらっしゃいませ」とだけ言った。宋衛門とおかみは聞こえなかったふりをし、おさえだけはふんと鼻で笑った。

そうして三人が出ていったあと、奉公人たちはおどろいた。清次郎が急にしゃっきりした顔つきになり、「ちょいと出かけてくるよ」と言いだしたからだ。

八兵衛は顔色を変えた。

「困りますな。大旦那さまがいらっしゃらない間は、清次郎さまに店を守っていただかないと」

にらんでくる番頭を、清次郎はにらみかえした。この男のことも大きらいだ。宋衛門にべったりで、いつもいやみたっぷりに、清次郎のことをいたぶってくる。

だから清次郎は言った。

「いいから、そこをどいとくれ。店ならおまえさんたちがきちんと仕切ってくれるんだから、平気だろう？　あたしなんか、いてもいなくてもどうせ同じなんだから」

吐きすてるように言い、番頭を押しのけて、外へと出る。うしろから、「お、大旦那さまに言いますからね！」と、あわてたようなさけび声が聞こえたが、足を止めることなく進みつづけた。

八兵衛はきっと宋衛門に言いつけるだろう。今日はひどく怒られるだろう。だが、それがなんだ？　どうせいつだって言いがかりをつけられては怒られるのだ。だから、いまは楽しい釣りのことだけ考えればいい。

途中、釣具屋で釣り竿とえさを買い、清次郎は足取りも軽く約束の場所へと向かった。

あの沼の前には、すでに弥助が来ていた。清次郎はぱっと笑顔になった。

「ごめんよ。待たせてしまったかい？　あれ？　化け猫の白蜜ちゃんは？」

「今日は寒いから来ないって。気まぐれなんだ、猫だけに」

「そうかい。会えなくて残念だ。……それじゃ、行こうか？」

二人は近くの河原へと移動し、流れに釣り糸をたらした。清次郎は魚を釣りあげるときのこつや、えさの選び方などを教え、弥助はそれを熱心に聞いた。

昼時になると、弥助はふところから竹の子の皮で包んだものを二つ、取りだした。

「はい、これは清次郎さんの分の弁当。おれが作ったんだ。食べてよ」

当たり前のように、自分の膝の上に弁当を置かれ、清次郎は胸がいっぱいになった。弁当は、きざんだ菜っ葉をまぜこんだにぎり飯が三つと、大根の漬物が少々。ただそれだけなのに、たまらなくうまかった。

「うまい！　うまいよ！」

思わず、涙があふれてきた。

いい大人がおいおいと泣いている間、弥助はただ静かに顔をそむけていた。その無言は温かかった。なにも言わないやさしさもあるのだと、清次郎は初めて知った。

そのあとは、また静かに二人で釣りをつづけた。

清次郎の教え方がうまかったのか、弥助ののみこみが早かったせいか、その日は魚がよく釣れた。

かごがいっぱいになり、弥助はほくほくとした笑顔となった。

「これだけ釣れりゃ、もう十分だ。おれ、もう帰るよ。清次郎さん、いろいろありがと」

「……もう帰ってしまうのかい？　それじゃ……次はいつ会えるかな？」

「………」

こちらを見返す弥助の目を見たとたん、清次郎は悟った。もう「次」はないのだと。

申し訳なさそうに笑ったあと、弥助はふところからなにかを取りだし、清次郎の手ににぎらせた。

「これ、あげるよ。王……ううん、白蜜さんから清次郎さんにって。かわいいって言ってくれたお礼だって」

「……化け猫から贈り物をもらうなんて、初めてだよ」

むりやり笑みをうかべる清次郎の手を、弥助はさらにぎゅっとにぎった。

「逃げなよ、清次郎さん」

「え？」

「つらいことがあるなら、逃げちまえばいいじゃないか。おれ、事情はよく知らないけど、清次郎さんはひどい目にあってんだろ？　まだ若いのに、そんな老けちまって……いまにも倒れそうな顔してるよ」

「………」

「ある人が教えてくれたんだ。人の魂はそれぞれちがうって。みんながみんな、同じことに耐えられるわけじゃないって。だから、逃げていいんだって。逃げて、またどこかで立ちなおればいいんだって。清次郎さんもそうしなよ」

「……そういうわけにはいかないんだよ」

しぼりだすように言う男に、弥助はうなずいた。

「そう言うと思ったよ。でも、心のどこかに留めといてほしいんだ。……じゃあね」

少年は風のように去っていった。

しばらくうなだれていた清次郎だったが、ようやく我に返り、こぶしを開いた。

手の中にあったのは、木彫りの根付（財布などにつける小さなかざり）だった。とろりとした飴色で、大きな鯛に小さな猫がしがみつくという意匠だ。よくできていて、鯛などうろこの一枚一枚までちゃんと彫りこまれている。

なにより、猫がいい。にやりと笑っているような表情で、見ているとこちらも元気がわいてくるようだ。

「ありがとう……」

あの不思議な者たちに出会った思い出として、大切に取っておくとしよう。

清次郎は根付をふところに入れ、瀬賀屋への道をとぼとぼと歩きはじめた。

その夜、清次郎は夕飯抜きという罰を食らい、自室へと追いやられた。空腹はつらいし、薄いふとんは寒かったが、それでもいつしか寝入っていた。そして夢を見たのだ。

夢の中で、清次郎は小島の海辺にいた。まわりは見渡すかぎりの海だ。波の音は力強くとどろき、風は心地よく吹いている。

と、うしろから声をかけられた。

「旦那。あっしと釣りをしやせんか?」

ふりむき、清次郎は息をのんだ。

猫がいた。見事な虎柄で、うしろ足で立ち、頭にねじりはちまきをしめ、不敵に笑っている。その背丈は清次郎ほどもあり、腕はまちがいなく清次郎よりも太い。

漁師のようにたくましい猫は、ふたたび口を開いた。

「旦那。釣り、しようじゃありやせんか」

「お、おまえさんと、あたしが?」

「おまえさんじゃありやせん。あっしは漁火丸。さあさ、時が惜しい。早いとこ、魚を釣ろうじゃありやせんか。あっしはもう、腹ぺこでさぁ」

どこからともなく釣り竿を二本取りだした漁火丸は、一本を清次郎に渡し、自分はさっさと海へと釣り糸をたらしだした。

目を白黒させつつ、清次郎は猫につきあうことにした。ならんで座りながら、清次郎はちらちらと漁火丸を見た。

「い、漁火丸さん……。これは……夢ですよね？」

「まあ、夢と言やあ夢でやしょ。でも、ただの夢と言うのももったいない」

そのとき、ぎゅんと、清次郎の釣り竿がしなった。

「かかった！　魚がかかった！　旦那ぁ！　しっかり持ちなせぇ！」

「あ、あああ、漁火丸、さん！　強い、これ！　相当な大物だよ！」

「死んでもはなしなさんなよぉ！」

漁火丸に助けてもらい、清次郎は大きなかつおを釣りあげた。そのときには、汗と海水でびしょびしょで、手の皮がつっぱって、ひりひりしていた。ひどいありさまだ。

なのに、やたら楽しくて、清次郎は笑いだしてしまった。

楽しい楽しい。

清次郎が笑っている間に、漁火丸は手早くかつおをさばき、うまそうなさしみに仕上げてしまった。そこに、しょうゆをさっとかけ、きざみねぎをどっさりと盛りつける。

「さ、食いやしょう」

「う、うん」

　大きめのさしみを口いっぱいにほおばり、清次郎はおどろいた。

「おいしい！」

「そりゃそうだ。自分で釣って、自分で食う。これが一番うまい魚の食い方ってもんでさ。あ、酒もあるんでさ。一杯いかがで？」

　大きな茶わんになみなみと注がれるのは、どろっとしたどぶろくだ。それがまた体にしみわたる。

「うまいねえ。ああ、しみるよ」

「そうでやしょう」

「ああ、いけない。あたしばっかりも

てなしてもらって。漁火丸さん、おまえさんの番だ。注がせておくれ」

「へへ。こりゃ、うれしいこって」

こうして一人と一匹は、おおいに飲み食いし、語りあい、しまいには大声で歌いあって楽しんだのだ。

すっかり酔いがまわった清次郎は、さいごには漁火丸に抱きとめられた。大きな猫の体はふかふかと温かく、潮の匂いがした。それが心地よくて、もう目を開けていられない。

眠りにひきずりこまれながら、清次郎は言った。

「また、いっしょに釣りをしてくれるかい？」

「いつでもよろこんで。あっしはいつだって旦那のそばにいまさぁ」

ごろごろと、漁火丸が喉を鳴らす。その音を子守唄に、清次郎は眠ってしまった。

次の日の朝、目を覚ました清次郎はほほえんだ。自分の手の中に、引き出しにしまったはずの猫の根付があったのだ。

あれは夢ではなかった。夢だけれど、夢ではない。

「今夜も会おうねぇ、漁火丸さん」

ささやきかけると、鯛にしがみついた猫が笑ったような気がした。

瀬賀屋の娘おさえはいらだっていた。

夫の清次郎のようすが最近おかしいのだ。

前は、おさえにののしられるたびにしおれていたのに、最近は平気な顔をしている。宋衛門にどなりつけられても、どこ吹く風だ。その穏やかな目を見ると、おさえはいらいらしてたまらなかった。

さいしょから気に食わない相手だった。たかだか小さな問屋の次男。しかも、美男ですらない。

こんなさえない男、自分にはふさわしくない。

その思いから、清次郎をいじめぬいてきた。夫の悲しそうなしょぼくれた顔を見ては、胸をすっとさせていたというのに。

なぜ、つらそうな顔を見せないのだろう？　なぜ、幸せそうにほほえんでいるのだろう？

こちらの思いどおりにならない夫に、おさえはかりかりしていた。

それが顔に出ていたのだろう。ある日、通いの髪結いに言われてしまった。

「どうしたんです、おさえさん。髪が傷んでますねぇ。なにか悩みでもおありなんで？」

この髪結いは腕がいいので、おさえは気に入っていた。なにより髪の扱いがていねいなのだ。髪をくしけずってもらうと、気持ちがよくて、気が楽になる。

そのせいなのか、心の内を打ち明けたくなった。

だが、さすがになにもかもぶちまけるのは恥ずかしい。そこで、自分のことではなく、友だちのこととして話すことにした。

「ええ、まあ、ちょっと。お友だちのことでねぇ。……どうも、その人の旦那がおかしいそうなの。理由もないのに、やたら元気になったとかで。人が変わったみたいだって、友だちが気味悪がっているんですよ」

「ああ、そりゃ十中八九、よそに女ができたんでしょうよ」

髪結いの言葉に、おさえは笑いだしてしまった。

「まさか。あの人にかぎってそんなことは……」

「それそれ。そう思ってしまうのが、女房の落とし穴。男なんてものは、みんな浮気の虫を腹ん中に飼ってるもんですよ。家が楽しくなかったりすれば、なおさらね。よそに別の巣を作って、かわいい女をひっぱりこんで、元気になろうってわけで」

「……」

「そのお友だちにも伝えてあげるとようござんす。きっとね、女にもらった品なんかを、隠し持ってるはずだから。旦那がいない隙に、ちょいと探してみるといい。見慣れぬ品なんかあったら、まずまちがいないでしょうよ」

したり顔で言う髪結いに、おさえは返事もできなかった。わなわなとふるえていたのだ。

女？　女だって？　ありえない。あの清次郎に、そんな勇気があるわけない。

だが、浮気と考えれば、なにもかも説明がつく。幸せそうなのは、愛しい女がいるから。血色がいいのも、その女のところにこっそり通って、おいしい手料理を食べているから。

かっと、おさえは頭に血がのぼった。

髪結いが帰ったあと、おさえはまっすぐ清次郎の部屋へと向かった。

清次郎は、今日も店のすみに座らされていた。帳簿一つ見せてはもらえず、むろん、客の相手もさせてもらえない。置物のような扱いだ。

前は、これがつらくてたまらなかった。が、いまはもう平気だ。夢のことを思いうかべていれば、いくらでも時をつぶすことができる。

清次郎は、いまや夜が待ち遠しくてならなかった。眠りにつけば、猫の漁火丸のもとに行けるからだ。

夢の中では、なにもかもが楽しかった。ともに釣りをし、釣った魚を食べて、話をして。清次郎がぐちを吐き、男泣きに泣いても、漁火丸は笑いながらよりそってくれるのだ。

「元気だしなせぇ、旦那。そうだ。明日は、舟を出しやしょう。沖釣りとしゃれこもうじゃありやせんか」

昨夜の漁火丸の言葉がよみがえってきて、清次郎はくすくすと笑った。楽しみだ。今日はなにが釣れるだろう？　ああ、早く夜にならないだろうか。

ちらちらと、外の日差しを見ていたときだ。どどどっと、荒々しい足音とともに、おさえがすがたをあらわした。

だれもがぎょっとした。おさえはひどいかっこうをしていた。髷は崩れかけ、着物も乱れている。なにより顔がすさまじい。見たこともない青白い顔色をしており、目だけがつりあがっているのだ。

「こ、これ、おさえ。そんなかっこうで、はしたない」

我にかえった宋衛門が、娘をたしなめた。だが、おさえは返事をしない。聞こえたそぶりも見せない。その目はらんらんと燃えながら、清次郎だけをにらんでいた。

「おまえ！」

金切り声で、おさえはわめいた。

「このろくでなし！　婿養子の分際で、よくもよくも浮気なんてできたわね！」

「お、おさえ？　な、なにを言って……」

「とぼけるんじゃないわよ！　なにさ。こんなもの、大事にしまっておいて！」

高々とおさえがかざしたものを見て、今度は清次郎が青ざめる番だった。

鯛と猫の根付。清次郎にとってなにより大切なものが、おさえの手ににぎられている。

自室に隠しておいたのに。どうして、おさえが持っているのだろう？

清次郎はふるえながら手を差しだした。

「お、おさえ、それを返しておくれ。あたしは、な、なにもしちゃいない。浮気なんかするわけないじゃないか。それは、友だちからもらったものなんだ」

「あら、そうなの？」

おさえの声が粘っこくなった。

「お友だちからねぇ？　ほんとに？」

「ほんとだよ。うそなんて言わないよ。だ、だから、頼むから、返しておくれ」

「そんなにこれが大事？」

「………」

「ふうん。でもねえ、あんたは曲がりなりにもこの瀬賀屋の人間なんですからね。こんな貧乏くさい根付なんて持っていたら、うちが笑われてしまう。どこのだれにもらったんだか知らないけど、わきまえてもらわなきゃねぇ」

けたたましく笑うなり、おさえは根付を思いきり床に叩きつけたのだ。

ぱきっと、いやな音がした。

薄い氷が割れるような音に、清次郎はぞっとした。あわてて駆けよってみれば、根付の、鯛の尾びれが小さく欠けていた。猫の頭にも、うっすらとひびが入ってしまっている。

「お、お、あ、おおおおおおおっ！」

清次郎の喉から、言葉にならないさけびがあふれた。

それからあとのことはおぼえていない。

気づけば、一人、河原に立っていた。弥助と釣りをした場所だ。水面をのぞきこめば、顔はあざだらけで、髷は崩れ、着物もあちこち破れている。手の甲はすりむいて、うっすら血がにじんでいる。

ぼんやりとだが思いだしてきた。おさえに飛びかかったこと。あやまれあやまれと、おさえの髷をつかんで、床に押しつけたこと。止めようとする宋衛門や八兵衛、その他の奉公人を次々となぐりつけたこと。手あたりしだい商品のろうそくをぶちまけたこと。

ああ、これでもう、瀬賀屋には帰れない。そう思った。

手を開くと、あの根付があった。ひびの入った猫を見ると、涙が止まらなくなった。

「ごめん。ごめんよぅ、漁火丸さん」

ぐすぐすと泣いていたときだ。

「もし。ごめんなさいよ」

やさしい声にふりかえれば、男がいた。人なつこい笑顔をうかべた、行商人のような男だ。

「あたしは十郎という者でござんす。その根付、あたしが直してさしあげましょう。もともと、その根付はあたしが取りあつかっていたものでございますからね。修理のほうもお手のものというわけでして。まま、ともかく見せてくださいまし」

流れるような言葉に、清次郎は素直に根付を渡していた。

一目見るなり、男はうけあった。

「だいじょうぶ。これならきれいに直せますよ」

「ほ、ほんとに？」

「はいはい。二日ほど預からせていただきますがね。なに、直ったら、きちんとお届けにまいります。その間に、旦那はこれからどうするか考えておいたほうがようござんしょ」

「……これから、どうする？」

「そう。せっかく瀬賀屋から逃げられたんです。これからはもっと自由に生きなくては。なあに、人間、やる気さえあれば、なんとでもなりますよ……漁火丸も、きっとそう言うことでしょうよ」

はっとする清次郎に、男はにっこりした。

「旦那のような方にめぐりあえて、この根付も幸せでござんす。こういう縁は末永くつづかなくてはね。そのためにも、旦那には元気で楽しく、長生きしてもらいたいんですよ」

「……そう、ですね」

そうだ。漁火丸のためにも、これからはもっとしっかりしなくては。

別人のような晴れ晴れとした顔をして、清次郎はうなずいてみせた。

瀬賀屋の婿が店をこわし、すがたをくらましたことは、すぐに町内に知れわたった。

あんな扱いでは無理もない。むしろ、あのおとなしい婿をついに怒らせるとは。瀬賀屋一家は大ばか者よ。

瀬賀屋は周囲の笑いものとなり、客足は遠のいた。

あせった瀬賀屋は、店を立てなおそうと、新たな婿をとろうとした。が、相手にしてくれる者はいなかった。婿いびりの悪評は遠くまで広まってしまっていたのだ。

店はどんどんさびれていき、それから二年足らずでつぶれてしまったのである。

半妖みおと姥猫

姥猫とは、子猫を守るあやかしだ。親とはぐれた子猫がいれば、親を探してやったり、えさを運んでやったり。赤子の猫には乳も飲ませるし、相性の良さそうな人間のもとに連れていってやることもある。

さて、とある寒い夜のことだ。黒紋町一帯を束ねる姥猫の美鈴は、小さなあばら家の中で、生まれて間もない子猫四匹を見つけた。

子猫たちの目は開いておらず、耳もつまめないほど小さく、毛はぽやぽやとしていた。それでも母猫がいないのはわかるのだろう。「みゃう、みゃう」と、それぞれが親を呼んでいた。その声がなんとも哀れに冬の夜空にひびいていく。

とりあえず乳を飲ませてやりながら、これはまずいなと美鈴は思った。

じきに雪がふるはずだ。だが、このあばら家では、寒さも雪もしのげまい。第一、このあたりは野良犬も多いのだ。もし、ここを嗅ぎつけられたら、ひとたまりもない。

それに、ただでさえ、最近はあぶないことが多いのだ。

江戸のあちこちで、やたら子猫がいなくなっている。まるで目に見えない蛇にのみこまれていくかのように、次々と子猫が消えているという。

そのうわさを聞いて以来、美鈴は警戒していた。自分のなわばりの中では、一匹たりとも失わないと決めていた。見回りを多くしていたのもそのためだ。

この子たちの母親がもどってきたら、もっといいすみかまで案内してやろう。猫好きのご隠居が住んでいる屋敷の縁の下がいい。あそこなら安全だし、毎日えさももらえるだろう。もしかしたら、ご隠居が子猫たちの貰い手も見つけてくれるかもしれない。

そんなことを考えながら、美鈴は母猫の帰りを待った。

だが、待てども待てども、母猫はもどってこなかった。

美鈴のひげがいやな具合にゆれた。勘が告げていた。もう母猫は帰らないと。残念なことに、姥猫としてのこの勘は外れたためしがないのだ。

「……えさを取りにいって、なにかにまきこまれてしまったのかねぇ」

重い息をつきながら、美鈴は子猫たちをながめた。たっぷり乳を飲んだせいか、四匹ともぽこんとふくれた腹をして、満足したようすで寝息を立てている。

なんとかわいい。なんと愛おしい。

情があふれてくるのを止められなかった。とりあえず、自分のねぐらにこの子らを移そう。乳離れができるまではそこに置いて、それからご隠居の屋敷に連れていくとしよう。

猫のすがたでは一度に運べないので、美鈴はいったん子猫たちからはなれ、化け猫に変化することにした。

と、それまでおとなしかった子猫たちが鳴きだしてしまった。美鈴の温もりを求めて、「みゃうみゃう」と、甲高く鳴きわめく。

「これさ。すぐにもどるから、静かにしといておくれよ」

子猫の声で気があせり、ますます変化がうまくいかない。ようやく少しうしろ足で立てるようになったときだ。

美鈴ははっとした。足音が聞こえたのだ。

ばっと壁の穴から外をうかがえば、明かりが見えた。こちらに近づいてくる。人の匂いもただよってきた。

「子猫か。どこで鳴いておるのだろう？」

気がかりそうなつぶやきを聞いて、美鈴は自然と体が動いていた。子猫たちをその場に残し、さっと梁へと飛びあがったのだ。

やがてあばら家の戸を開けて、一人の男が中に入ってきた。男が子猫たちの前にかがみこむのを、美鈴は梁の上からじっと見守った。

八歳になる娘、みおは、半妖だ。母は人間だが、父は化けいたちの宗鉄。昔は人間として暮らしていたが、母が亡くなったいまは、父といっしょに妖怪として暮らしている。宗鉄は妖怪医者なので、ときには往診にみおを連れていくこともある。父を手伝い、薬や鍼を手わたすのは、みおにとってほこらしい役目だ。

だが、いつもいっしょというわけにはいかない。むずかしい患者を診るときは、みおは自宅に残される。

その夜もそうだった。

「山姥のお産は長くかかると思う。たぶん朝まで帰れないだろう。しっかり戸じまりをして、わたしの帰りを待っておいで」

「……やっぱりいっしょに行ってはだめなの？」

「だめだよ。お産となると、山姥は気が高ぶって、暴れるからねえ。ふりまわされる腕や足に触れでもしてごらん。みおなんか、一撃でつぶれてしまう。わたしは慣れているから、うまくかわせるけど。そういうわけで、いい子で留守番していておくれ」

「……わかった。あ、ねえ、父さま。どうせなら、弥助のところに行っててもいい？」

「弥助さんのところへ？　まあ、一人で家にいるよりは安心かねえ。よし。それならわたしが送っていこう」

「だいじょうぶ。あたし一人で行けるもの」

「いやいや、そうはいかない」

このとき、山姥の使いが来てしまった。

迎えに来たのは、身の丈が六尺はあろうかという白い大猿たちだった。

「宗鉄さまをお迎えにあがりました」

「お駕籠をお持ちいたしましたので、お急ぎを」

「あ、ちょっ、ま、待っておくれ」

「待てませぬ。御方さまがお待ちでございます」

「さあ、さあ」

宗鉄は、白い猿たちがかつぐ駕籠に押しこめられ、さらわれるようにして連れていかれてしまった。「みおぉぉぉぉ！」というさけびが、みるみる遠ざかる。

くすくす笑いながら、みおも外に出た。すでに夜も更けており、あたりは真っ暗だ。が、みおの目は暗闇でもよく見える。風のように走るのも、もうお手のものだ。

早く弥助に会いにいこうと、みおは走りだした。

自分が妖怪の子であることを知り、父親との間がぎくしゃくとしたとき、みおは子預かり屋の弥助のところに預けられた。そこで弥助にかわいがられ、また他の妖怪の子とも触れあうことで、少しずつ妖怪というものを受け入れられたのだ。

だから、みおは弥助のことが大好きだった。いつかはお嫁さんになりたいなと、ほんのりと胸をときめかせてもいる。

さて、そのためにはどうしたらいいだろう？

そんなことを考えながら走っていたときだ。ふいに、すさまじい痛みが右足に走った。

「いっ！」

見れば、右足の甲から太い黒いものが突きでていた。釘だ。太い釘を踏みぬいてしまったのだ。

だらだらと汗をかきながら、みおは釘を引きぬきにかかった。ちょっと力を入れるだけで、棍棒で叩かれるような痛みが骨にひびく。自分の血の臭いにむせて、いまにも気を失ってしまいそうだ。

なんとか釘を引きぬいたものの、そのときにはみおはぐったりしていた。血を流しすぎたせいで、気分が悪い。手ぬぐいで足をしばったが、立ちあがれず、うずくまってしまった。

このときだ。足音がうしろから近づいてきた。

みおはぎくっとした。だれか来る。光がぐんぐん近づいてくるのも見える。

そうして、丸い提灯の光が、動けぬみおを照らしだした。

「なんと！　子どもか？」

おどろいた声をあげたのは、三十がらみの侍だった。くたびれた着物を着て、髪ものびているところを見ると、おそらく浪人だろう。腰には刀を一本だけ下げている。

顔はいかつい。雷さまのように目も鼻もぐりぐりしていて、極太の眉毛がおそろしげだ。が、同時に、どことなくおもしろみのある顔つきでもある。

みおの足を見るなり、男は眉毛をはねあげた。

「これはいかん。けがをしておるではないか。だいじょうぶか？　どこの子だ？」

「えっと……」

「うむ。しかたない。とりあえず、おれの住まいに運ぶぞ。傷の手当てをしてから、家に送ってやるから」

そう言って、男はみおを抱きあげ、小走りしはじめた。

ほどなく、男の住まいらしき長屋にたどりついた。

土間にみおをおろすと、男は手早くそばの水がめから水をくみ、みおの傷口を洗いだした。みおの気をまぎらわせようと思ったのだろう。手当ての間、男はよくしゃべった。

名前は脇坂左門。浪人だが、剣の腕を見こまれ、いまはある大きな店の用心棒をしているとのこと。今夜は、その店の主の護衛をし、そのせいで帰りが遅くなったこと。そして、帰る途中で、みおを見つけたこと。

手当てが終わるころには、みおはすっかり左門に打ちとけていた。顔はこわいが、左門には人をひきつけるものがあった。なによりやさしさが目や言葉からにじみでている。

「ありがとうございました」

にっこりするみおに、左門もほっとしたように笑った。

「よしよし。少し顔色がよくなってきたぞ。薬も塗ったし、これならもうだいじょうぶだな。……それにしても、近ごろはよく拾い物をするものだ」

「拾い物？」

みおが首をかしげたときだ。小さな声が奥のほうから聞こえた。

「お。目を覚ましたようだな。みお、と言ったな。あのついたての向こうをのぞいてみるといい」

にやにやしながら、左門は言った。

みおはけがした右足をかばいながら、小さなついたてへと歩いていき、そっとその向こうをのぞいた。とたん、声をあげてしまった。

「子猫！」

ついたての向こうには、子猫が四匹もいた。それぞれ毛色がちがう。白っぽい灰色に、茶白、黒、そして虎。まだねずみくらいの大きさで、かごの中にひとかたまりになっている。

「かわいい！　ちっちゃい！」

「三日前に拾ってな。そうだろう？　かわいいやつらだろう？」

でれっとした顔で言う左門。

みおはがまんできず、そっと茶白の子猫を抱きあげた。温かい。ふわふわの毛がなんともやわらかい。まだ目も開かぬ小さな生き物に、みおは夢中になってしまった。

「この子、名前は？」

「まだつけてない。というより、おれはつける気はないのだ。もう少し大きくなったら、貰い手を探すつもりだ。なにしろ、おれはこのとおり、自分の飯にも困る浪人者だからな

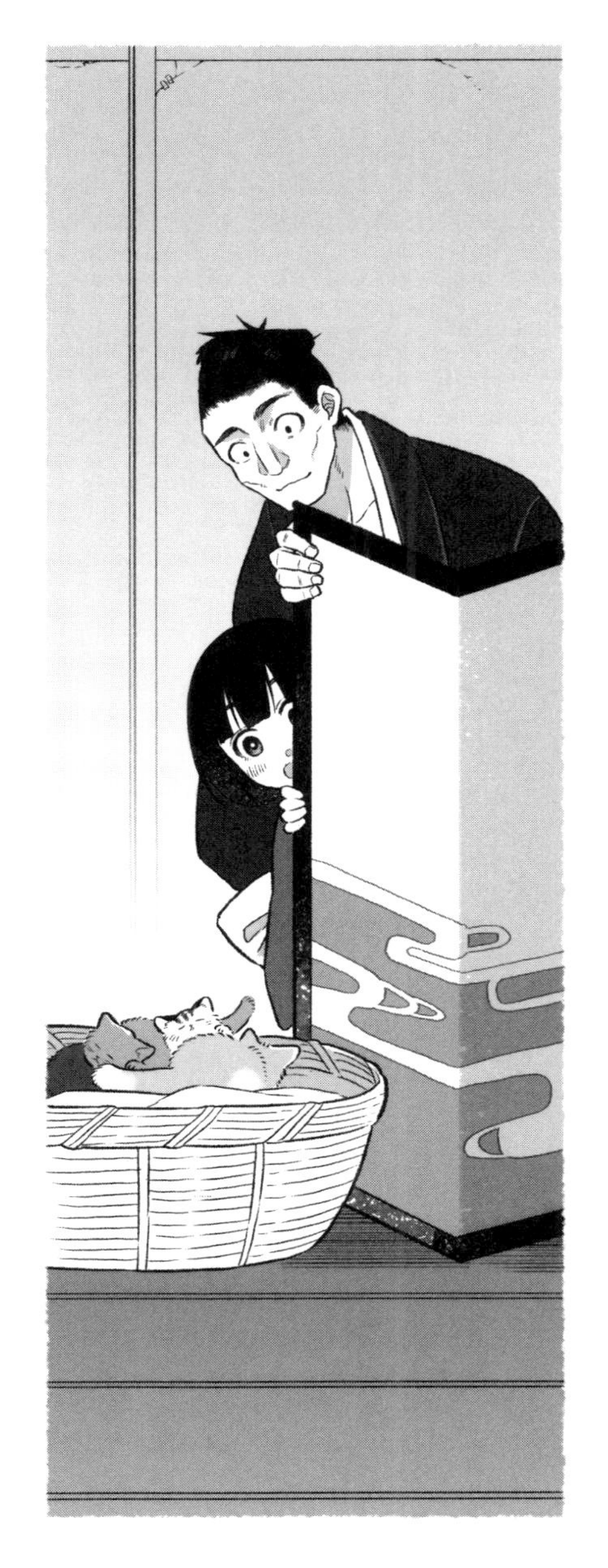

あ」

左門は笑ってみせたが、その声には少し苦々しさがまじっていた。どうやら浪人暮らしに満足しているわけではないらしい。察したみおは、話題を変えた。

「お乳は？　どうしてるの？」

「うむ。それが妙なのだ」

左門はまじめな顔になった。

「この子らをここに連れてきて、三日たったが、いっこうに腹をすかせる気配がないのだ。重湯など飲ませようとしたんだが、なにをやっても飲んでくれなくてな。それなのに、このとおり、まるまる太っているだろう？　下のほうもきれいにしてあるし」

「どういうこと？」

目をぱちぱちさせるみおに、左門は楽しい秘密を打ち明けるかのように声をひそめた。

「どうもな、母猫がいるようなのだ。どこかに隠れていて、おれが出かけている間に、こっそり子猫どもの面倒を見ているらしい。おかげで、手間なしだ。それに……こんな子猫でも、いてくれるとうれしいものでな。帰ってくるのが楽しみになる」

「左門さん、いいなぁ。子猫たちがいて、いいなぁ」

「いいだろう？」

えへんと、左門がいばってみせたときだ。どかどかっと、あわただしい物音がして、戸口ががんがんと叩かれた。

「左門の旦那！　旦那、いやすかい？」

「与平さんか。どうした？」

「ちょいと来てくれ！　定吉がまた酔っぱらって！　暴れて、手がつけられねえ！」

「わかった。すぐ行く。みお、ここにいるのだぞ。あとでおれが家まで送ってやるから」

長い棒を持って、左門は外へ出ていった。

一人残されたみおは、とろけそうな目で子猫たちを見つめた。なんてかわいいんだろう。

「父さま、子猫を飼っていいって、言ってくれないかな？　頼んでみようかな？」

思わずつぶやいたときだ。みゃおっと、少ししゃがれた猫の声が上からふってきた。

はっとして天井を見上げれば、黄緑色の目が二つ、光っていた。

おどろくみおの前に、一匹のぶち猫がひらりと飛びおりてきた。みおがいままでに見たこともない大きな猫だ。肉もたっぷりとしていて、見るからに福々しい。

目をまっすぐに向けながら、猫は口を開いた。

「おまえさん、半妖だね？」

びっくりしたものの、みおはすぐに我に返った。

「……化け猫、さん？」

「姥猫の美鈴っていうんだ。よろしくね」

さばさばと言う美鈴と、かごで寝ている子猫たちとを、みおは見くらべた。

「美鈴さんが、この子たちの母さまなの？」

「ちがう。あたしはこの子らを見つけただけさ。どうも母猫がいないようでね。で、あたしのねぐらに運ぼうとしたところで、ここの浪人さんが通りかかったんだ。浪人さんはいいお人のようだったし、ちょっとまかせてみることにしたんだよ」

美鈴の思ったとおり、左門は子猫たちを見捨てず、自分の長屋へと連れて帰った。そこで美鈴は、長屋に通って、子猫たちに乳を与えることにしたのだという。

「母さまじゃないのに、お乳が出るの？」

「姥猫はそうなのさ。腹をすかせた子猫がいれば、いつだって乳がはってくるんだよ」

そう言って美鈴は子猫たちのかごに入り、横たわった。すぐにその乳に子猫たちがむしゃぶりつく。

子猫たちをなめてやりながら、美鈴は問うた。

「おまえさんはどこの子？　まだ名前を聞いてなかったね？」

「あたしはみお。化けいたちの宗鉄が父さまよ」

「ああ、宗鉄先生かい。名前だけは知ってるよ」

子猫たちをながめながら、みおと美鈴はとりとめもない話をした。ほっこりとした温かいひと時だった。

が、ぴくんと、美鈴の耳が動いた。

「どうやら浪人さんがもどってくるようだ」

美鈴はさっとかごから出て、柱を駆けあがって梁に飛びのった。

「それじゃ、あたしはもう行くよ。みおちゃん、よかったらさ、この子たちのことを少し気にかけておくれでないかい？」

「もちろんよ。約束する」

「ありがと。それならあたしも心強いよ」

美鈴はすがたを消した。それとほぼ同時に、左門がもどってきた。少し息が乱れている。

「お帰りなさい」

「ああ、待たせてすまんな。いや、同じ長屋仲間に定吉という大工がいるんだが、これが酒ぐせが悪くてな。馬鹿力で暴れまわるから、おれでないと取りおさえられんのだ。さて、そろそろ送ってやろう。家はどこだ？」

「……父さま、今夜は家にいないの。だから……太鼓長屋って知ってる、左門さん？」

「ああ、ここから少し先にあるところだな？」

「そこに、従兄のにいやがいるの」

「そうか。そこに送ればよいということだな」

まかせておけと、左門はその大きな背中にみおを乗せた。

太鼓長屋に向かう道中、みおはそっとたずねた。

「また左門さんのところに遊びにいってもいい？　子猫たちを見にいってもいい？」

「おお、いいとも。いつも戸口は開けておくから、好きに出入りしてくれ」

「ありがとう！　ふふふ、うれしい！」

「ははは っ！」

笑いあいながら、二人は太鼓長屋に到着した。

見知らぬ浪人に背負われたみおを見て、弥助はむろんおどろいた。だが、事情を聞くと、

「みおがお世話になりました」と、左門にきちんと礼を言い、みおをひきとった。

左門が帰ったあと、弥助は心配顔でみおを見た。

「足は？　だいじょうぶなのかい？」

「痛いけど、左門さんが手当てしてくれたから平気」

「そうかい？　でも、ちょっと見せてみな。あれだったら、宗鉄さんを呼ぶからさ」

すると、千弥がしぶい声で言った。

「弥助。その戸棚に河童からもらった薬があっただろう？　それを塗っておやり。あれならすぐに傷口がふさがるだろうからね」

「……めずらしいね。千にいがおれ以外の子にやさしくするなんて」

「そうでもしないと、さっさと帰ってもらえないだろう？　ただでさえ、うちには招いてもいない客がいて、迷惑してるんだからね」

つんけんした千弥の言葉に、みおは目をしばたたかせた。

「客？」

「わらわのことじゃ」

上を見て、みおは目をみはった。白い子猫が梁の上に座り、こちらを見下ろしていたのだ。なんともきれいな猫だった。雪のような毛並みにも、蜜のような金の瞳にも、匂い立つような品がある。

「わらわは白蜜じゃ」

「白蜜さん。……きれい」

「ふふふ。そなたもかわゆいぞえ、みお。宗鉄があちこちで娘自慢をしておるのも、わかるのう」

「……父さまったら、そんなこと言い触らしているの？」

恥ずかしがるみおに、弥助が薬を塗ってくれた。千弥が言ったとおり、みるみる傷がふさがっていく。その効き目には、みおもおどろいた。

「うわ、ぜんぜん痛くなくなった。よかった。これなら明日から左門さんとこに行けるもの」

「あの浪人さんとこに、また行くのかい？」

「うん。子猫がいるから」

みおは、四匹の子猫と姥猫の美鈴のことを話した。

「それでね、子猫たちのことを頼むって、美鈴さんからも左門さんからも頼まれちゃったの」

「そうか。じゃ、みおは猫の子守り屋ってわけだ。がんばりなよ」

弥助は笑いながらみおの頭をなでてくれた。


それからというもの、みおはせっせと左門と子猫たちのもとへと通った。左門はたいてい留守だったが、みおは勝手にあがらせてもらい、子猫たちを見守った。

美鈴の乳のおかげか、子猫たちは日に日に大きくなってきた。目が開くと、乳以外のものもほしがるようになったので、みおは煮干しなどを持っていくようになった。

ある日、みおが長屋を訪ねると、めずらしく左門が部屋にいた。みおが作ってやった猫じゃらしで、子猫たちと遊んでいる。

「左門さん！」

「おお、みおか。また来てくれたのだな」

「うん。左門さん、今日はお仕事は？」

「ん？　用心棒はしばらくいらんそうだ。明日からまた仕事探しかな」

いやなことでもあったのか、左門の顔つきは少し暗かった。元気を出してもらいたくて、みおは持ってきた小鍋をかかげてみせた。

「今日はね、お芋の煮ころがしを持ってきたの」

「ありがたくいただくが、そんなに気をつかわんでもいいんだぞ?」

「ううん。だって、左門さんは恩人だもの」

「はは。みおのおかげで飯が豪華になったな。それにしても……こやつら、ずいぶん大きくなったものだなぁ。つい先日まで、ねずみほどの大きさであったのに」

「もし、このままどんどん育って、虎みたいに大きくなったらどうする?」

「そうなったら、大猫使いとして、名を上げるとするかな」

そんなことをしゃべりながら、みおと左門はしばらく子猫たちと遊んだ。子猫たちはいくらでも遊びたいようで、跳んだりはねたり、大変なはしゃぎっぷりだ。

みおも左門も、しまいにはへとへとになってしまった。

「よし。みお。一息入れよう。甘酒でも買ってくる」

留守を頼むと言って、左門は出ていった。

それからすぐのことだ。

ごめんくださいと、一人の女がすうっと入ってきた。

頭巾をかぶった女だった。鼻先と口元しか見えないが、身につけているものは上等だ。口には紅をさし、きれいな白い手をしている。たぶん、どこかの店のおかみなのだろう。

みおを見ると、女の口元が笑みを作った。

「どうも。こちらで子猫の引き取り手を探しているというので、うかがったのですけれど……ああ、それが子猫たちですか」

ずいっと、女が近づいてきた。

みおはなぜか背筋が寒くなった。子猫たちをかき集めるようにして両腕に抱き、うしろへとあとずさる。だが、女はどんどん迫ってくる。にいっと、赤い唇をつりあげながら。

「いい……。とてもいいわ。四匹とも、ぜんぶちがう柄で。本当にうってつけだこと」

ねっとりとつぶやいたあと、女は我に返ったかのように、みおのほうに顔を向けた。

「あらやだ。ごめんなさいねぇ。あんまりかわいかったものだから、つい……この子たち、ぜんぶいただくわ。四匹ともぜんぶ。かわいがると約束するから」

手をのばしてくる女から、みおはさらに遠ざかった。

おかしい。なにかが変だ。この女は、こわい……。

自分の直感をみおは信じた。戸口のほうを見たが、まだ左門がもどるようすはない。時をかせごうと、みおはあえて笑いかけた。

「ごめんなさい。これ、あたしの猫じゃないの。ここのうちの人に、ちょっとだけ見ててって、頼まれてるだけだから。勝手に渡しちゃったら、あたしがしかられちゃう」

「あらそうなの？　でも、ほら、これでしかられないんじゃない？」

女はお金を出してきた。

「猫のお代よ。半分はおじょうちゃんのにしていいから。これで十分ではなくて？」

だが、みおはますますこわくなった。

「ご、ごめんなさい。あたし、ほんとわからなくて……。また来てください。あ、明日なら、ここの人もいるはずだから」

「……だめよ」

女の声がいきなり氷のように冷たくなった。

「だめよ。いますぐ必要なんだから。渡しなさい。……渡せって言ってるのよ！」

きれいな白い指をかぎ爪のように曲げて、女はみおに襲いかかってきた。

「いますぐほしいのよ！　この猫たちがいれば、あの人があたしのところに帰ってくるんだから！　あの性悪女なんかきっぱり忘れて、あたしのところへ！　邪魔するんじゃない」

銀子と名づけた灰色の子をつかみあげられ、みおは悲鳴をあげた。

「だめぇぇ！」

次の瞬間、どこからともなくあらわれた美鈴が女の頭に飛びついた。

「な、なに？　いや、あああああっ！」

はげしく暴れる女の頭をかかえこむようにし、美鈴はしっかりと爪を女の頰や鼻に食いこませる。そうしながら、美鈴はみおを見た。

「お逃げ！」

女から銀子を取りもどし、みおは子猫たちをかかえて、夢中で外に飛びだした。騒ぎを聞きつけ、すでに長屋のおかみさんたちが集まっていた。

「どうしたんだい？　なんの騒ぎだい？」

「た、助けて！　美鈴さんが！　やられちゃう！」

「ちょいと。しっかり。だれか！　左門の旦那を呼んできとくれ！」

取りみだすみおを、おかみさんの一人が自分の住まいに入れてくれた。

「そこに隠れといで。なにが来たって、入れやしないからね」

そう言うと、そのおかみさんは袖をまくりあげ、泥のついた大根をにぎって、外に飛びだしていった。

それから長い間、大声と悲鳴と物がこわれるような音がつづいた。みおは子猫たちを抱きしめ、ひたすらふるえていた。こわくて、外をうかがうこともできない。もしかしたら、少しの間、気を失っていたのかもしれない。

肩をゆさぶられ、みおははっと顔をあげた。

左門がいた。顔にはひどいひっかき傷があり、口元も少し切れている。

「左門さん……」

「みお。無事だったか」

「う、うわあ、左門さん！」

抱きつき、泣きだすみおのふところから、次々と子猫たちが這いでてきた。左門は泣き笑いのような表情になった。

「子猫らも無事か」

「う、うん。へ、へ、変な女の人が……子猫がほしいって……でも、なんかこわくて」

「わかっている。もうだいじょうぶだ。あの女は番屋に引きわたした。落ちつけ、みお」

「こ、こ、ことわったら、飛びかかってきて……よこせって。子猫が必要だって。あたし、もうこわくて……そうしたら、美鈴さんが……あっ！」

みおはやっと我に返った。

「美鈴さんは？　ぶ、ぶちの猫はいなかった？」

「……」

左門の顔が大きくゆがんだのを見て、みおの胸はどきどき鳴りだした。

「みお、よせ」

止める左門をふりはらい、みおは左門の部屋へと駆けもどった。

部屋の中はひどいありさまだった。床と言わず壁と言わず、なにかがぶち当たったかのような穴やひびができている。

そして、砕けた茶わんのかけらの上に、白と黒のまだらの塊が転がっていた。

つぶれた美鈴の頭を見て、みおは泣いた。泣いて泣いて、吐くほど泣いて。

みおを追いかけてきた子猫たちも、美鈴の死がわかったのだろう。美鈴のそばにうずくまり、動こうとしない。

泣きじゃくるみおの肩に、左門がそっと手を置いた。

「土に埋めてやろう、みお。な？　この母猫をきちんと弔ってやろうな」

「う、うん」

左門とみおは、美鈴を河原に埋めた。みおは、花のかわりに、ありったけのすすきの穂を墓に供えた。いっしょに連れてきた子猫たちは、まったく身動きすることなく、墓の前に座っていた。

そのあと、まだ鼻をすすっているみおに、左門が思いがけないことを言った。

「すまん、みお。子猫たちを……ぜんぶひきとってはくれまいか？　おまえのところで飼ってもらえればありがたいが、それが無理なら、だれか貰い手を探してほしい。おれは……もう手を引きたい」

「左門さん……どうして？」

「……あの女だ」

いやなものを吐きだすように、左門は言った。

「あの女、正気を失っておった。取りおさえるとき、胸の悪くなるようなことを、しきりにわめきちらしていた。その言葉が……おれの中から消えてくれん」

もう子猫を見ることはできないと、左門はしぼりだすように言った。

「おれのところにももう来るな。頼むから、来てくれるな。……見せたくないのだ」

「なにを？」

「おれをだ」

さらばだと、左門はみおに背を向け、まるで逃げるように足早に去っていった。

その日の夕暮れ。水くみに外に出た弥助は、びっくりした。泣きはらした目をしたみおが、四匹の子猫をかかえてこちらに歩いてくるのが見えたからだ。

急いで中に入れてやり、話を聞いたあと、弥助は首をひねった。

「……わかんないなぁ。あの浪人さん、いい人そうに見えたけど。そんなふうに子猫をほっぽりだすなんて。しかも、そんな騒ぎのあったあとで……」

「う、ううう……」

「みお……美鈴さんが死んだのはおまえのせいじゃないんだ。おまえが泣いてたら、美鈴さんだって悲しむよ」

「で、でもね……あ、あたしが、もっとなにかできてれば……」

「いや、そのようなことはない」

そう言ったのは、話を聞いていた白蜜だった。

「美鈴は子猫を守りぬいたのじゃ。姥猫として満足だろうよ。そして、そなたもよくやった。そなたがいなければ、この子らはただではすまなかったであろう」

「……そう思う？」

「思うとも。弥助の言うとおり、めそめそしていては、美鈴が悲しむであろう。しゃんとおし、みお」

「う、うん」

涙をぬぐうみおに、弥助はおずおずとたずねた。

「それで、子猫たちだけど……これからどうすんだい？」

「うん……うちで預かりたいけど……父さまは猫はどうしてもいやだって。何度も頼んでるんだけど、うんと言ってくれないの。……弥助。お願いがあるんだけど」

「みなまで言わなくていいよ……」

弥助はうなずいた。

「これもなんかの縁だしな。おれんとこで、飼い主が見つかるまで預かるよ。あ、ねえ、千にい。そういうことになりそうなんだけど、いいかい？」

「かまわないよ。この子らはただの猫だ。わたしはしゃべらない猫なら平気なんだよ」

しゃべる猫は生意気でいけないよと、千弥は皮肉たっぷりに付けたした。

だが、そのときには、白蜜のすがたは消えていたのだ。


脇坂左門は明かりもつけずに部屋の中に座っていた。

自分の胸から、じわじわと黒いものがしみだしてくるのがわかる。耳にこだまするのは、あの女のすさまじいわめき声だ。

「はなせ！　邪魔しないで！　猫が必要なのよ！……いっしょに願かけしようじゃないの。四匹いれば、できるんだから。幸せになりましょう。ねえ、いいでしょ？　やろうじゃないの！　ねえねえねえ！」

おろかしい言葉。なのに、頭からはなれない。消えてくれない。

くそっと、唸ったときだ。ひんやりとした気配を感じて、左門は顔をあげた。

目の前に、一匹の猫が座っていた。大人ではなく、あの子猫たちほど小さくもない。金の目はきらめき、新雪のような毛並みは暗がりでうっすらと光をはなっている。

明らかにふつうの猫ではない。だから、左門は思わず話しかけてしまった。

「……おまえは猫明神の御使いなのか？」

「さようなものではない。わらわが仕える相手は神でも仏でもなく、わらわ自身ゆえ」

当たり前のように返事をする白猫を、左門はこれまた当たり前のように受け入れた。

「なるほど。それで？　なぜ、このようなむさくるしい場所に来たのだ？」

「なにゆえ、かわいがっていた子猫らを突きはなしたのか、そのわけを聞きたいと思うての。……子猫を襲った女に、そなた、なにを吹きこまれたのじゃ？」

「……猫にはいやな話だぞ？」

「かまわぬ。聞かせておくれ」

そこで、左門は包みかくさず打ちあけた。白猫はただ静かに左門の話を聞いていた。

さいごに左門はうなだれながら言った。

「恥ずかしい話だが、あの女の言葉を聞いて、胸がぐらついたのだ。……そんなことで本当に願いがかなうなら……ためしてみたいと」

「だから、万が一にもそうならぬよう、子猫たちを手ばなしたと。……では、みおは？　なぜ、二度と来るなと言うたのじゃ？」

「……あの子は賢い子だ。みにくいおれの本性に、いずれは気づいてしまう。そう思うと、こわくて……おれの変わりように、あの子はきっと傷ついただろうな。悪いことをした」

白猫はそれについてはなにも言わなかった。かわりに、まったくちがうことを口にした。

「……かなえたい願いがあるのかえ？」

「長屋暮らしはきらいではないが、やはりな。……家族も、金もない。頼るものもなく、守るものもないいまの暮らしが、ときおり心が凍りつきそうなほど不安になる」

ぜいたくをしているわけではないのに、金がたまることはない。夜の静けさを分かちあう相手もいない。逃げだせるものなら逃げたい。

だからこそ、あの女の言葉に心が揺れた。そして、そのことにおののいた。自分の中に、これほどの闇があるとは思ってもみなかったから。

すべてを吐きだしたあと、左門はうなだれた。じっとりと汗をかいている男に、白猫はやさしく言った。

「心配せずとも、おぬしはだいじょうぶじゃ。そのようなおそろしいことは決してせぬ。自分を信じられぬなら、わらわを信じよ。わらわの言葉を信じよ」

白猫の声は蜜のようにあまく、左門の苦しみをしっとりとやわらげてくれた。

白猫はさらに言葉をつづけた。

「わが一族が世話になった礼をせねばな。……明日の昼、常夜橋へ行ってみるといい」

「なぜだ？」

「ふふ。猫に親切をして損はないという話よ。運をつかめるとよいのぅ」

不思議な言葉を残し、白猫はふっとすがたを消した。

狐につままれた思いで、左門は首をふった。胸にたまっていたどす黒いものは、もはや消えていた。まるで、あの白猫がぬぐいとっていってくれたかのようだ。

「不思議なこともあるものだ。……常夜橋になにがあるというのだ？」

翌日、左門は言われたとおり、常夜橋へと向かった。


それから数月後、瓦版売りの大きな声が、江戸の町にひびきわたった。


　さあて、大変だ、大変だ！

老舗の紙問屋、吉野屋の主とその娘が出かけたところ、常夜橋で荒くれ者にでくわした。相手がきれいな娘とくりゃ、荒くれ者はさっそくからみだす。必死でかばう父親も、あっという間になぐりつけられ、あわや娘に悪者の手が迫る。

　そこへさっそうとあらわれたるは、長屋暮らしの貧乏浪人。親子の危機を見すごせねえと、荒くれ者を川に投げこんだ。
その腕前に、娘はむろん一目惚れ。貧乏浪人は、晴れて吉野屋の婿さまだ。
さあ、詳しいことはここに書いてある。買って読んでおくんなさいよぉ。

猫じゃらし

梅妖怪の子、梅吉は遊びに出かけることにした。

まずは子預かり屋の弥助のもとに向かった。

「弥助は人間だけど、けっこう腹がすわってて、おいら好きなんだよね」

青梅そっくりの顔をにこにこさせながら、梅吉は太鼓長屋に行った。

ところがだ。長屋に弥助はいなかった。きれいだがおっかない千弥のすがたもない。かわりに、見たことのない白い化け猫がいた。

梅吉と化け猫はしばらく目をぱちぱちとしあった。

「あんただれ？」

「わらわは白蜜じゃ」

姫君のような口調で、化け猫は名乗った。

「弥助と千弥の留守を預かっておる。そなたは梅の里の梅吉じゃな。悪たれ二つ星の悪行の数々は、わらわの耳にも届いておるよ」

梅吉は首をすくめた。

悪たれ二つ星。梅吉と、梅吉の友である津弓につけられたあだ名だ。二人でいると、どういうわけか、やることなすことがいたずらになり、騒ぎになってしまう。

「……言っとくけど、この前の栗のおじじのことは、おいらのせいじゃないからね。まさか拾った栗の中に、おじじがまじってるなんて、ふつう思わないだろ?」

「ふふ。栗の翁はかんかんだったそうじゃの。昼寝をしていて、あやうく焼き栗にされかけてはかなわぬもの」

「かんかんだったのは、おいらのおばあも同じだよ。この青い尻が真っ赤になるほどぶたれたんだぜ? 津弓は津弓で、月夜公にいまだに許してもらえてないし」

ああっと、梅吉はため息をついた。

「弥助がいてくれたらなぁ。いっしょに月夜公のお屋敷にしのびこんで、津弓を助けてやれたのに。……弥助と千弥さんはどこ行っちまったの? すぐ帰ってくる?」

「さての。長くかかるかもしれぬ。なにしろ、子猫の貰い手候補に会いにいったからの」

「子猫？」

白蜜は、弥助が四匹の子猫を預かったこと、大家の辰衛門に貰い手を探してもらい、三人ほど猫をほしがる者が見つかったこと、今夜その三人が辰衛門の家に集まるので子猫たちを見せにいったことを告げた。

「へええ。そんなことになってたのかぁ。……弥助が子猫を見せにいくのはわかるけど、なんで千弥さんまで？」

「弥助の護衛だそうじゃ。かわいい弥助が夜道で悪者に襲われるかもしれぬと、やたら心配して、ついていったのじゃ」

「あ、そう。なんか、目にうかぶや。それにしても、おいらもついてないよなぁ。子猫、おいらも見たかったのに。弥助はいないし、これじゃ津弓とも会えそうにないし。ちぇ、なんだい。今夜はほんと、つまんないや」

「退屈しておるのかえ？　じつは、わらわもなのじゃ。なにか悪さをしでかすつもりなら、つきあってやってもよいぞえ」

「ほんと？　それじゃいっしょに月夜公の屋敷にしのびこんでくれるかい？」

「よいとも。津弓を連れだそうというのじゃな。ふふふ。おもしろい。月夜公をあたふた

させられるなど、めったにない機会じゃ」

白蜜の言葉に、梅吉は感心した。

「意外と大胆なんだな。それじゃ、行こうか？　あ、背中に乗っけてってくれない？　そのほうが早く屋敷につけそうだし」

「やれやれ。特別じゃぞえ」

白蜜の背中に乗って、梅吉は早くもごきげんとなった。

「ふっかふかで気持ちいい！」

「はてさて。子妖を背に乗せるなど、生まれて初めてじゃ」

ぼやきながら、白蜜は一足踏みだした。とたん、さっと景色が変わった。

梅吉は言葉を失った。もはやそこは貧乏長屋の中ではなかった。梅吉たちは、寒椿が咲きほこる美しい庭の中におり、目の前には見おぼえのある大きな屋敷がある。

あっというまに移動したのだと、ようやくわかった。

「すげえ。……白蜜って、けっこう力があるのかい？」

「なに、闇わたりの術が得意なだけじゃ。さ、ともかくまいろう。津弓を連れだすなら、いまのうちじゃ」

「うん。その渡り廊下をまっすぐ行っておくれ。で、つきあたりを右に行って、四つ目が津弓の部屋だ」

「ほう。さすがによく知っておるのぅ」

笑いながら、白蜜はしなやかに屋敷にあがった。そのまま一気に廊下を走り、津弓の部屋へと駆けつけると、爪の先をふすまの間に差しこみ、さっとふすまを開いた。

中には、ぽっちゃりとした子妖がいた。見た目は人間の子によく似ているが、頭からは二本の角、尻からは白い尾がのぞいている。

妖怪奉行、月夜公の甥、津弓だ。

たくさんのおもちゃを散らかし、つまらなそうな顔をしていた津弓だが、梅吉たちを見るなり、こぼれんばかりに目を見開いた。

「え、梅吉？　え、え、猫……？」

「よう、津弓。元気だった？」

「またしのびこんだの？　叔父上にないしょで？」

「そうだよ。あ、この猫は白蜜っていうんだ。弥助んとこに世話になってるんだって」

きゅっと、津弓の眉間にしわがよった。

「梅吉！　また一人で弥助のところへ行ったの？　ずるい！」

「んなこと言ったって、しょうがないだろ？　助けに来てやったんだから、きげん直せよ」

「んんん」

ぷくっと頬をふくらませながらも、津弓はだまった。そのやりとりに、白蜜は笑った。

「弥助はたいそうな人気ぶりじゃな」

「あ、白蜜って、しゃべれるの？」

「こう見えても、化け猫じゃからの。ま、そういうわけじゃ。津弓、いっしょにおいで」

「行く行く！」

津弓は勢いよく立ちあがった。

こうして梅吉と白蜜は、津弓を連れて、まんまと月夜公の屋敷を抜けだしたのだ。

白蜜の術で安全な場所まで逃げたあと、子妖たちはひそひそとささやきあった。

「せっかくだから、なにかして遊ぼうよ」

「もちろん、そのつもりさ。……じつは、前からやってみたい遊びがあるんだよね」

「なに？　それはなに？」

わくわくしたように目をかがやかせる津弓に、梅吉はにっと笑った。

「人間をおどかすのさ」

「人間を？」

「そう。おいら、人間をおどかしたことって、ないんだよね。河童の三兄弟なんか、悪がきを川にひっぱりこんで、うんと泣かしてやったとか、乱暴者の侍のふんどしを盗んでやったとか、いろいろ自慢話をしてくるんだ。それがちょっとうらやましくてさ」

「……それ、わかる」

ごくっと、津弓がつばを飲んだ。

「そういうこと、つ、津弓も、ちょっとやってみたい」

「だろ？　じゃ、あとは白蜜だな。どうする？　いっしょにやるかい？」

「ふふ。男の子というものはとんでもないことを思いつくものよ。よい。そのたくらみに加わろうではないか。しかし、相手は？　だれでもよいというわけではあるまい？」

白蜜の問いに、もちろんだと、梅吉はうなずいた。

「狙いは、とびきり意地が悪いやつとか、人に迷惑をかけてるやつだ。そういうやつが、腰を抜かしてびっくりするすがたは、めちゃくちゃおもしろいと思うんだ」

「梅吉、そういういやな人間に心当たりあるの？」

「うっ……そ、それがじつはないんだ。ねえ、白蜜は弥助んとこに世話になってるんだろ？　悪いやつのうわさ話とか聞いてないかい？」

「ふむ」

白蜜は少し考えこんだ。

「……そういえば、長屋の女房たちがうわさしておったの。米問屋『穂高屋』の若おかみが里帰りしたと。大おかみにひどく嫁いびりされたのが原因らしい」

その大おかみは、とにかく息子の嫁が憎かったらしい。少しでも気に入らないことがあると、愛用の煙管で嫁の手や足首を打ち、朝から晩までののしりを浴びせつづけたそうだ。

このままでは死んでしまうということで、若おかみは実家に連れもどされた。そのときには、骨と皮ばかりのすがたになっていたという。心も少しこわれかけており、いまも言葉を話せないままだとか。

話を聞き、梅吉も津弓も顔をしかめた。

「ひでぇ」

「かわいそうなお嫁さん……。若旦那はお嫁さんを守ってあげなかったの？」

「ぼんくら若旦那は見て見ぬふりしていたそうじゃ。とにかく、この鬼のような大おかみなら、いたずらをしかける相手にもってこいなのではないかえ？」

「そうだね。許せないや。目いっぱいこわがらせてやらなきゃ」

「津弓も！　絶対やっつけてやるもん！」

鼻息も荒く子妖たちは言った。

そして、すぐに梅吉がにんまりと笑った。

「よし！　相手は糞ばばなんだろ？　なら、たっぷり糞をお見舞いしてやるってのはどうだい？　大おかみのたんすや化粧箱の中に、馬糞をたっぷり詰めてやるんだ」

「それ、いいねぇ」

津弓もにんまりした。

「若旦那のほうもやっちゃおうよ。若旦那のふとんの中に、馬糞を入れてやるの」

「そりゃいいや。弱虫若旦那、自分が糞をもらしたのかって、ふるえあがるな。じゃ、行こうぜ。白蜜は案内を頼むよ。あ、まずどこかで馬糞を集めなくちゃ」

穂高屋に向かう前に、子妖たちは手近な村に立ちより、納屋で馬糞をかき集めた。集めた馬糞は大きなふろしきに包んで、津弓が持った。

片手に馬糞包みを提げ、もう一方の手で鼻をつまみながら、津弓は文句たらたらだった。

「う〜。臭いよぉ。体に臭いが染みついちゃうよぉ」

「うるさいぞ、津弓。人間に気づかれたらどうすんだよ?」

「津弓、もう少しうしろを歩いておくれ。臭いがきついわえ」

「白蜜までそんなこと言うなんて! ひどい! ひどい!」

「だから、声が大きいって!」

なんやかんやと騒ぎながら、一行は穂高屋に到着した。そこそこ大きな店がまえで、看板もりっぱなものだ。

寝静まった穂高屋にしのびこんだ梅吉たちは、そのまま屋根裏に上がり、梁伝いに大おかみの部屋へとたどりついた。

見下ろせば、大おかみがふとんの中で寝ていた。見た目は上品で、とても嫁いびりをするような女には見えない。

だが、白蜜はいやそうに鼻を鳴らした。

「ふん。悪臭がぷんぷんするわえ。嫁いびりのうわさはまちがいなさそうじゃな。じつにいやしい魂のようじゃが……まあ、わらわのものにするほどではないか」

「なに？　なんて言ったの、白蜜？」

「ただの独り言じゃ。それより、この部屋に馬糞をばらまくのであれば、なにか術でもかけて、あの女の眠りを深くさせたほうがよいのではないかえ？」

「あ、それ、津弓ができるよ」

はりきったようすで、津弓は両手を合わせ、力と気を集中させた。

と、周囲の空気があまく、ねっとりと重たいものへと変わった。大おかみの寝息も、いっそう深いものとなる。

それっとばかりに、子妖たちは下の部屋へと飛びおりた。だが、白蜜は梁の上に残った。

「白蜜？　どうしたんだよ」

「早くおいでよ。馬糞、しかけるの、手伝ってよ」

「ことわる」

白蜜は梅吉たちを見下ろしながら、きっぱりと言った。

「そなたらの思いつきはおもしろいが、馬糞に触れるのはまっぴらじゃ。こうしてしのびこむのを手伝ったのじゃ。わらわの役目は終わり。あとはそなたらの役目よ」

「そんなの、ずるいよ！」

口をとがらせる津弓に、梅吉が言った。

「ほっときなよ、津弓。時間がないんだから。おいらが煙管にやるから、おまえはそこのたんすにやっとくれ」

「うん。ふとんの中にも入れていい？」

「もちろんさ。じゃんじゃん、やってやれ」

悪たれ二つ星はいそがしく動きだした。煙管、たんす、ふとん、こたつ、化粧箱。あらゆるところに、馬糞を押しこんでいく。梅吉など、なんと、大おかみの鼻の穴にまで馬糞を詰めこみだした。

そんな二人のすがたを、白蜜は楽しく見守っていた。

「帰りは梅吉を乗せるわけにはいかぬのぅ。あの手で毛をつかまれては、かなわぬ」

そんなことをつぶやいたときだ。首筋(くびすじ)に冷気(れいき)を感じ、白蜜(しらみつ)の目がすうっと細まった。

なにかが近づいてきていた。

せっせといたずらにいそしんでいた梅吉(うめきち)と津弓(つゆみ)も、それに気づいた。二人はぴたっと動きを止め、たがいの顔を見た。

「梅吉(うめきち)……なんか、変(へん)な感じがするよ。これ、やだ。いやな感じだよ」

「おいらもそう思う。……もう帰ろう。ここから出よう」

ふいに、部屋の中に血のにおいがあふれた。まるで部屋そのものが血の池にでも沈(しず)んだかのようだ。子妖(こよう)たちは息ができなくなった。身動きも取れない。

と、床(ゆか)の畳(たたみ)にじわっと血がしみだした。またたく間にどす黒い血だまりができあがる。

そこから、ゆっくりとなにかがうきあがってきた。

「うっ！」

「ひゃっ！」

子妖(こよう)たちは小さな悲鳴をあげた。

出てきたのは、米俵(こめだわら)ほどもある猫(ねこ)の頭だった。頭だけで、首から下はない。切り落とされているのだ。さらに、猫(ねこ)の両目には太い釘(くぎ)が打ちこまれていた。そこから流れる血は、まるで赤い涙のように猫の顔を汚している。身の毛もよだつようなおそろしいすがただ。恨みと痛みの唸りをあげながら、猫はなにかを探すように匂いを嗅いだ。と、すぐにごろごろっと床を転がりだした。

向かった先は、穂高屋の大おかみだ。まだ眠っている大おかみの腹の上に乗ると、猫首はしゃあっと、大きく口を開いた。

無数の牙がむきだしになるのを見て、ようやく子妖たちは我に返った。

猫首は大おかみを殺すつもりだ！

さいしょに動いたのは津弓だった。がくがくふるえながらも、小さな火の玉を猫首に向けてはなったのだ。火の玉は、猫首の耳をかすめた。

わずらわしげに、猫首がこちらを向いたところで、今度は梅吉が動いた。馬糞を一つ、えいやっと、猫首へと投げつけたのだ。こちらは見事、猫首の口の中に入った。

「うみゃあああああああっ！」

家屋がふるえるような絶叫をあげるなり、猫首は梅吉たちに向かって転がってきた。

「いやあ、やあああああ！」

「来んなよぉ！　やだよぉ！」

さけぶ子妖たちと猫首の間に、ひらりと、白蜜が舞いおりた。きゃしゃな白猫は、金の目を燃えたたせ、ただ一言、「去ね」と、猫首に命じた。

次の瞬間、猫首がうしろにふっとんだ。そのままごろごろと床を転がり、出てきた血だまりの中にぼちゃんと落ちる。と、まるで池の水が抜けるように、血だまりが小さくなりだした。

まばたきを二回くりかえすほどの間に、血だまりは消えた。悪臭もきれいに消え、夜の静けさがもどってくる。

白蜜は梅吉たちをふりかえった。

「わらわはこれより猫首を追う。そなたらはお帰り」

「そ、そんな……白蜜だけで追いかけるなんて、あ、あぶないよ！」

「平気じゃ。とにかく早う、ここを去れ。よいな」

それだけ言うと、白蜜はさっとすがたを消してしまった。

残された梅吉と津弓は顔を見合わせた。どちらの顔も、涙と鼻水でぐしゃぐしゃだった。

「ど、どうする、梅吉？」

「……帰る、しかないだろ？　白蜜は行っちまったわけだし」

「……でも、こ、こんな顔で帰ったら、すぐに叔父上に気づかれちゃう。勝手に屋敷を抜けだして、またこんなこわい目にあったと知られたら、今度こそ閉じこめられちゃうよ」

「……おいらも。おばあに知られたら、尻に百叩きをくらうよ。……弥助のとこ、行こうよ。あそこでしばらく気を落ちつけて、それから帰ろう。……ああ」

立ちあがったところで、梅吉は世にも情けない声をあげた。

「ちびっちまった……」

「津弓も……」

股の間に手を当てて、悪たれ二つ星はこそこそと穂高屋を抜けだした。

猫首の血の臭いを追い、白蜜は人気のない木立の中にたどりついた。そこには、塚があった。石が積みあげられており、横には黒々とした墨で「猫塚」と書かれた木札が打ちこんである。

白蜜は顔をしかめた。塚のまわりの土は、どす黒く変色していたのだ。

「……何匹の猫が……ここで殺されたのか」

腐った血と恨みと泥の臭い。猫首がはなっていたのと同じものだ。なのに、猫首の気配がない。

かわりに、若い男が倒れていた。町人風で、身なりは悪くはない。だが、肩がざっくりとえぐれていた。猫首にやられたにちがいない。

呪いは、しくじれば、送り主へとはねかえる。この男が先ほどの猫首の送り主だと、白蜜は冷めた目で見きわめた。

男は虫の息だった。ここで死なれてはなにも聞きだせないと、白蜜は男に息を吹きかけた。とたん、男のあえぎがおさまった。どくどくとあふれていた血も、ぴたりと止まる。

うつろな目をしている男に、白蜜は問うた。

「答えよ。なにゆえ呪いをかけた？　なにゆえ、猫首を作り、あやつろうとしたのじゃ？」

「ふ、復讐した、かった……穂高屋、の、やつら、に」

ごろごろと、喉を血でつまらせながら、男は答えた。

「あ、たしの、妹に、ひどいことを、したから」

「……穂高屋の若おかみか。そなた、若おかみの兄かえ？」

「そうだ。……憎かった。妹の心を、あんなふうにこわした、や、やつら、を、殺したくて。それで猫首の、つ、作り方を教えて、もらった」

「だれからじゃ？　その話、だれに聞いたのじゃ？」

「みんな、知ってる……ほ、ほんとだった。手本どおり、に、やったら、ば、化け物が出てきた」

「……そのために、何匹の猫を殺したのだえ？　手本どおりに、何匹殺したのだえ？」

男はそれには答えず、必死の形相で白蜜を見た。

「教えて、くれ。死んだ、か？　穂高屋の、やつ、ら、死んだか？」

「……大おかみも、若旦那も生きておるぞ。二人そろって、ぴんぴんしておる」

「……」

くやしげに顔をゆがめたまま、男は息絶えていった。それを見届けた白蜜の目は、どこまでも冷めていた。

「気持ちはわからぬでもない。復讐もおおいにすればよかった。じゃが、そなたは猫を殺した。自分より弱いものをねじふせ、傷つけた。許せぬよ。絶対許せぬ。……のぅ、気づいておらぬのかえ？　そなたは、穂高屋の者どもと同じなのじゃ」

人間めと、白蜜は苦々しげに牙をむきだした。

そのあと、白蜜はゆっくりと「猫塚」へと向きなおった。血でけがされた土の上に立ち、そこに縛られている猫たちの魂へとやさしく呼びかけた。

「去れ。ゆるやかに風に溶けてゆけ。そなたらを縛るものはもうない。猫の王たるわらわの名において、そなたらを解きはなつ。さあ、このけがれた場をいますぐはなれよ」

地の底からさけび声が答えてきた。殺された猫たちの、悲痛なさけび。自由になれず、もがきつづける彼らの声に、白蜜の顔がこわばった。

「縛りが消えぬ……。真のあやつり手は、他におるということか」

長い間、白蜜はくやしげに塚をにらみつけていた。だが、ついにきびすを返し、その場を立ち去った。「そう待たせはせぬ」と、約束の言葉を残して……。


太鼓長屋にもどった白蜜は、目をみはった。家に帰ったはずの悪たれ二つ星がいたからだ。二人は裸で、津弓はふとんに、梅吉は手ぬぐいにくるまっていた。土間では、弥助が洗濯だらいをかかえて、ごしごしとなにやら洗っている。

「なんじゃ。そなたら、家に帰らなかったのかえ？」

「あ、あんな目にあって、すぐに家に帰れるわけないよ」

「津弓の言うとおりだよ。それより、白蜜、だいじょうぶだったのかい？……猫首は？」

白蜜を心配する梅吉をさえぎるように、こわい顔をした千弥がずいっと前に出てきた。

「まったく面倒ばかり持ちこんで！　おまえの気まぐれのせいで、弥助はこいつらの着物を洗うはめになったんだからね。この落とし前、どうつけてくれるんだい？」

「着物を洗う？　ああ、さてはもらしたのじゃな？」

わあああっと、子妖たちはそれぞれ突っ伏した。どちらも耳まで赤くなっている。

「やれやれ。しょうのない。じゃが、許してやっておくれ、千弥。かなりこわい目におうたのだから」

「そんなことはどうでもいい！　わたしが言っているのは、こいつらの面倒はさいごまで見ろということだよ！　ああ、弥助。かわいそうに。こんな小便たれの悪がきどもの着物を、洗うことになるなんて」

騒ぐ千弥に、苦笑しながら弥助は言った。

「平気だって。こんなの、どうってことないよ。それにさ、さすがに王蜜の君に洗濯なんてさせられないよ」

ぴくんと、ちぢこまっていた悪たれ二つ星が顔をあげた。

「王蜜の……」

「君……？」

二人のまなざしを受け、白猫は苦笑した。

「これ、弥助。わらわはここにいる間は白蜜じゃぞえ。それで、子猫らは？　無事に引き取り手は見つかったのかえ？」

「うん。さすがは大家さんだよ。三組ともやさしそうな人たちでね。そうそう。その中の一人は、二匹ほしいって言ってくれて。おかげで、ぜんぶひきとってもらえたんだよ」

「それはよかった。今度みおにも知らせておやり」

「そういうことを言うなら、おまえが知らせておやり、性悪猫。おまえならひとっ飛びで
あの小娘のところに行けるんだから」

「千弥。わらわはともかく、なにゆえあの子まできらうのじゃ？」

「弥助にうるさく付きまとうやつは、みんな敵だよ」

「千にい。そういうことは言わないもんだよ」

三人の会話を、悪たれ二つ星はじっと聞いていた。その顔色が見る間に悪くなっていく。

「それじゃ、ほんとに、お、お、王蜜の君、なの？　お、お、おいら、王蜜の君の、せ、
背中に乗っちまったの？」

ぶくぶくっと、梅吉は口から泡を吹いてひっくり返ってしまった。

一方、津弓は火がついたように泣きだした。

「うわあああん。こ、こんなの、こんなのって、ないよぉ！　白蜜が、お、お、王蜜の
君だったなんて！」

「おい、津弓。ちょ、ちょっと、どうしたんだよ。落ちつけって」

「どうしよどうしよ！　叔父上に知られたら、怒られちゃう！　王蜜の君に会ったら逃げろって、言われてたのにぃ！　もうだめ。また閉じこめられる。うわあああん！」

気絶した梅吉を正気づかせ、泣きわめく津弓をなだめすかすのに、弥助は朝までかかったのであった。

守り猫虎丸

師走に入り、いよいよとばかりに冬が深まりだした。

その夜、雪がちらつきだしたのをたしかめてから、弥助はぱたりと戸を閉めた。

「やっぱり雪がふりだしたよ。道理で寒いわけだね」

「ほら、弥助。火鉢にもっと近づきなさい。こら、性悪猫。そこをおどき。そこは弥助の場所だよ」

「しかたないのう。では、弥助。わらわを膝の上に乗せておくれな」

「いいよ。白蜜さんを膝に乗っけると、おれも温かいし」

「ふふん、どうじゃ、千弥？　うらやましかろう？」

ぐぬぬぬと、千弥は歯を食いしばる。そのすがたに笑いながらも、弥助はふとつぶやいた。

「それにしても……ここんとこ、ずいぶんひまだなぁ。ちっとも妖怪たちが来ないや」

「当たり前だよ。梅吉たちが、この性悪猫のことを広めたからね。これがいるとわかっていて、それでも子を預けに来るような妖怪は、そうはいないだろうよ。……いつまでここに居座るつもりだい？　おまえにしちゃ、ずいぶん長居してると思うがね」

「そうじゃな。わらわとしても、そろそろ帰りたいのじゃ。……じゃが、まだできぬ」

火鉢の炭火を見つめながら、白蜜は静かに言葉をつづけた。

「わらわはな、狩りをしておるのじゃ。じゃが、この獲物はひどく手ごわくての。気配はすれど、すがたをいっこうに見せぬ。……正体がもう少しでわかりそうなのじゃが、あと一歩、まだ足りぬ。じゃから、わらわはここから動けぬ。歯がゆいかぎりじゃ」

「白蜜さんくらい妖力があれば、そういうのは簡単にわかるんじゃないのかい？」

「そうでもない。弥助、わらわはたしかに大きな力を持っておる。なれど、その力はたやすくは使えぬ。ことに人間界ではな。条件がそろわねば、わらわは小さな傷一つ、人間にはつけられぬのじゃ」

「……知らなかった。てっきり、なんでも思いどおりかと思ってたよ」

「ふふふ。そうあまくはないということよ。じゃがな、わらわはこの縛りを心地よいとも思っておるのよ。考えてもみよ。なんでもほしいものがたやすく手に入っては、おもしろくあるまい？　それはともかくとして、この獲物はかならず仕留める」

すさまじい笑みをうかべながら白蜜は言った。

「さいしょ、わらわが気づいたとき、こやつの災いはまだごく小さなものであった。だが、火が広がるように、力と勢いを増していった。……弥助。そなたとて聞いたことがあるのではないかえ？　猫塚、あるいは猫首のことを」

弥助はうなずいた。最近、よく耳にする薄気味の悪いうわさだ。

猫塚というのを知ってるかい？　なんでも、その塚のまわりに、四匹の猫の首を埋めると、猫首ってぇおそろしい鬼を作れるそうだ。で、そいつに頼めば、憎い相手を殺してくれるんだってよ。殺す猫たちが色ちがいだったり、とびきり長生きのやつだったりすると、より強い猫首を作りだせるそうだ。おっかねえ話じゃねぇか。

これはただのうわさ話などではないと、白蜜は重々しく言った。

「弥助。実際に猫首は作られておる。猫首のために、多くの猫が殺された。じゃが、問題は、そもそもだれがこのうわさを広めたかじゃ。さいしょに猫首という魔物を作りだした者。そやつがわらわの獲物よ。ぜひとも仕留めたい」

ちなみにと、白蜜はちらりと弥助を見上げた。

「そなたも少し関わっておるのじゃぞ。みおから子猫を四匹預かったであろう？　そもそも、どうしてみおは子猫らをここへ連れてきた？」

「どうしてって、変な女が子猫を奪おうとしたから……あっ！　ま、まさか……」

「そう。その女は子猫を使って、猫首を作ろうとしたのであろうよ。自分の願いをかなえるためにの」

気分が悪くなり、弥助は自分の胸をおさえた。

白蜜の言葉が本当なら、たくさんの猫首が生み出されたことになる。たくさんの猫たちが殺されたことになる。

青ざめながら、弥助はささやいた。

「……白蜜さん。そういうことなら、なおさらこんなところにいていいのかい？　下手人探しに駆けまわったほうがいいんじゃないの？」

「その必要はない。すでに、あちこちに糸ははりめぐらしておいた。獲物がかかるまで、あと少しの辛抱よ」

「それじゃ……かならずそいつをつかまえてくれるね？」

「むろんじゃ。猫たちにしても、もう殺させぬ。一匹たりともな」

ここで、白蜜はそれまでのすごみをすいっと消した。

「それはそうと、あの兎の女妖」

「玉雪さんのこと？」

「そう。玉雪じゃ。ここにはちょくちょく顔を出すと聞いておったが、わらわはまだ二度しか会うておらぬな。少し話でもしようかと思っておったに」

「そういえば、ここんとこ、玉雪さんも来ないね。ねえ、千にい。また故郷の山にでも帰っているのかな？」

「いや。この性悪猫が居座っていて、居心地が悪いから来ないんだよ、きっと」

「またそのようなことを言う。失敬じゃぞ」

白蜜は憤慨した。

だが、千弥の言葉は当たっていたのである。

玉雪は、兎の女妖だ。夜になると小柄な女のすがたとなって、弥助のもとにやってきては、子預かり屋の手伝いをする。弥助のことが愛しくて、そばにいるだけで幸せだからだ。

が、このところ、それがむずかしくなっていた。

元来、玉雪はこわがりだ。こわがりだからこそ、まわりの気配に敏感だ。だから、あの白い子猫の正体も、すぐに見抜いた。

知ってしまってはもうだめだ。同じ屋根の下にいるだけで、息が苦しくなってしまう。近づこうものなら、びりびりと、肌が痛むほどだ。

だから、玉雪は弥助のところに行けなくなった。それがとてもつらかった。

もう六日も弥助の顔を見ていない。やっぱりがまんできない。会いにいこう。元気でいるのをたしかめてから、すぐに帰ればいい。それに、もしかしたら今夜は王蜜の君はいないかもしれないし。

そんな淡い期待を胸に抱き、玉雪は太鼓長屋に向かった。その途中で、ばったり顔見知りとでくわした。

相手は大蛙の青兵衛だった。あざやかな青緑色の体の上に、こざっぱりとした茶の半纏をまとい、赤と黒のねじり帯をきゅっとしめたこの蛙は、華蛇族の屋敷に仕える小者だ。

青兵衛も、すぐに玉雪に気づき、頭を下げてきた。

「こりゃ、弥助さんのところの。お晩でございやす」

「こんばんは、青兵衛さん。良い夜でございますねぇ」

「へい。ほんとに良い夜でございやす。この上なく良い夜でございやす！」

元気がよすぎるほどの青兵衛の返事に、玉雪はちょっと目をぱちぱちさせた。見れば、蛙の顔はゆるみ、いまにも笑いだしそうだ。

「なにか良いことでも、あのぅ、あったんですか？」

「そうなんでございやすよ！」

よくぞ聞いてくれたと言わんばかりに、青兵衛は身を乗りだしてきた。

「うちの姫さまのことは、玉雪さんもご存じでございやすね。へい。人間の久蔵殿のところにこの秋に嫁いだ初音姫でございやす。本日、文をくだすったんでございやすが、どうもこのところ胸が苦しく、体調がおもわしくないとのことでございやした」

姫の手紙に、顔色を変えたのが乳母の萩乃だ。これは一大事と、すぐさま医者の宗鉄と青兵衛を連れて、久蔵と初音の住まいへと駆けつけた。

初音をすみずみまで診たあと、宗鉄はにっこりと笑って言った。お子さんができました

よと。

「まあ。そ、それじゃ、あのぅ、おめでたでございますか？」

「そうなんでございやす！　姫さまにお子が生まれるんでございやすよ。萩乃さまと久蔵殿など、その場でひっくり返ってしまったほどでございやす。あ、こうしちゃいられない。お屋敷にもどって、栄養のある物をありったけ集めてこいと、萩乃さまに言いつけられているんで。じゃ、玉雪さん、手前はそろそろ失礼を」

「はい。あのぅ、おめでとうございます、青兵衛さん」

「ありがとうございやす」

はずむような足取りで青兵衛は去っていった。

いいことを聞いたと、玉雪は笑った。この話を聞かせたら、弥助はきっとおどろくだろう。「久蔵に子ども？……生まれてくる子が久蔵に似ないといいなぁ」と、しみじみとつぶやくかもしれない。そんな憎まれ口を叩きつつ、いそいそと安産のお守りを買いにいこうとするすがたが目にうかぶ。

楽しく思いうかべながら、玉雪は足を速めようとした。

そのときだ。前方に気配を感じた。あやかしの気配。だが、どことなくおかしい。

いつでも逃げられるように身がまえながら、玉雪はゆっくりと前に進んだ。

相手が見えてきた。猫だった。妖気をまとっているから、おそらく化け猫か猫又か。毛色はくっきりとした虎柄だが、ひげは真っ白で、年寄りというのが一目でわかる。

虎猫は、きょろきょろとまわりを見ていた。なにかを必死に探している。それなのに、足は一歩たりとも動かない。まるで迷子にでもなったかのようなすがただ。

見すごすことができず、玉雪は思いきって声をかけた。

「もし。どうかなさいましたか？」

やさしい呼びかけに、猫は玉雪に目を向けてきた。

「あ、ああ、はい。恥ずかしながら、か、帰り道がわからなくなってしまいましての」

「では、迷子になられて？」

「……はい」

老猫は恥ずかしそうにうなだれた。

「しかし、家に帰らなければならないのです。家に災いが近づいている。なんとしてももどり、守らなければ。家を、主たちをお守りせねば」

「守る……？　もしや、あのぅ、そちらは守り猫でいらっしゃる？」

「はい」

なるほどと、玉雪は合点がいった。

守り猫。家や主と定めた血筋に仕え、転生をくりかえしながら見守っていくあやかし。主に繁栄と守護をもたらす、一種の守り神だ。それだけに、守り猫が家からはなれることはめったにない。こうして、外で出会うこと自体がまれな存在なのだ。

「失礼ながら、あのぅ、どうしてこんなところに？」

「それが……よくおぼえていないので。我が家に向けて、悪い臭いが立ちこめてきているのは感じておりました。これは油断できぬと、いつもよりも気をはっていたのですが……じつは、ここ数日の記憶があいまいでしての」

気づいたときにはここにおり、身動きがとれなくなっていたという。

「帰り道を探そうにも、どういうわけか、足を動かせず……。ああ、早く帰らなければならぬのに。ああ、あああああ」

猫は身もだえた。家や主たちのことが心配でたまらないのだろう。

やはり見すごせないと、玉雪はたずねた。

「あのぅ、おうちはどちらでしょう？　おぼえていらっしゃいますか？」

「もちろんです。我が家は、白妙町二丁目にある大藤屋という菓子屋でして」

「では、そこまであたくしが案内してさしあげましょう。あのう、いかがでございます？　足が動かないのであれば、あのぅ、あたくしが抱いて運んでさしあげましょう」

「かたじけない。お願いいたします」

深々と頭をたれる猫を、玉雪はそっと抱きあげ、歩きだした。

家にもどれることに安心したのだろう。守り猫はいろいろとしゃべりだした。

名は虎丸。歳は忘れた。いまの主一家は、さいしょの主から数えて七代目に当たる。主の藤一郎は物腰のやわらかい男で、菓子職人たちからも慕われていること。その女房のおくらは、近所でも評判の美人であること。

「四つになる跡取り息子の坊が、これまた良い子で。かわいくてならんのですよ」

自慢の孫を語るかのように、虎丸は目を細めながら言った。

そんなすがたをほほえましく思いながら、玉雪は足を進めた。

そして、白妙町二丁目菓子屋「大藤屋」の前についた。夜なので、すでに戸締りされている。それはいい。当たり前のことだ。

だが、戸口に近づいたとたん、玉雪はぞくっとした。こちらを弾く力を感じたのである。

目をこらせば、大藤屋そのものが大きな結界に包まれているではないか。

「こ、これはいかん」

虎丸があせった声をあげた。

「わしがいない間に、なにかあったのだ！　それで、旦那さまが魔除けの札を内側から貼りつけたにちがいない。ああ、ご無事だろうか？　とにかく、中に入らなくては！」

だが、何度やっても、虎丸は大藤屋に近づけなかった。それは玉雪も同じだった。

ついには虎丸は大声でさけびだした。

「ぼっちゃん！　だ、旦那さま！　開けてくだされ！　虎丸でございますよ！　帰ってまいりました。入れてくだされ！」

にゃおんにゃおんと、せつなげな声が夜の闇にひびく。それが聞こえぬはずはないのに、大藤屋に動きはない。

玉雪の動悸が少し速くなってきた。いやな感じがしてならない。

「と、虎丸さん。なんだかようすが変ですよ。ここは一度、あのぅ、引きましょう」

「と、とんでもない。いやでございます。ようやくもどってこられたのに」

「それじゃ、朝になるまで待ってみては？　朝になれば、あのぅ、ここの人たちも戸を開けてくださいましょう」

「いやいや。いま、入らなくては！　主たちの無事をたしかめなくては！」

泣きわめく虎丸に、玉雪は困り果てた。願いをかなえてやりたいのは山々だが、こんな強い結界がはられていては、玉雪には手も足も出ない。

「わ、わかりました。それじゃ、あのぅ、ちょっとだけここで待っててくださいまし。助けを呼んできますから。くれぐれも、あのぅ、むちゃをしちゃいけませんよ」

玉雪はきびすを返して闇の道へと入った。弥助を呼ぶつもりだった。人間である弥助なら、お札の貼ってある戸口を開くことができるだろう。やさしいあの子のことだ。頼めば、きっと引きうけてくれる。

そんなことを考えながら、急ぎ太鼓長屋へと向かっていたときだ。玉雪の鼻が、ある匂いを嗅ぎつけた。よく知っている人間の匂いだ。

はっと足を止めたとたん、闇の道からはずれた。

玉雪はするっと闇から出ていた。そこは人気のない神社の境内で、目の前には若い男がいた。玉雪の出現に腰を抜かしたのか、大股を広げてへたりこんでいる。

やはりと、玉雪は笑った。よく知っている相手だ。

「久蔵さん……」

「うわ、もう、びっくりした！　消えたりあらわれたりは、妖怪の得意技だろうけど、こっちの心の臓のことも考えてもらいたいねぇ。これじゃ命がいくつあっても足りないよ」

立ちあがり、尻をぱんぱんとはたいたあと、久蔵はしげしげと玉雪を見た。

「ああ、おまえさんは弥助んとこの。たしか玉雪さんだったね？」

「あい。玉雪でございます。あのぅ、失礼ながら、こんなとこでなにを？　こんな夜遅くに出歩いては、あのぅ、奥さまが心配されますよ」

「いや、それがさ。いま、お乳母さんが来てるんだよ。だから、ちょいと逃げてきたってわけさ」

「あ、そういえば、さっき青兵衛さんに会いまして、あのぅ、おめでとうございます。聞きましたよ。おめでたださうで」

「まいったねえ。もうおまえさんの耳にまで届いたのかい？　おれだって、ついさっき知ったばかりだってのに。この調子じゃ、明日の夜には妖怪という妖怪に知れてそうだ」

文句をたれつつ、久蔵はうれしそうだった。目がきらきらしている。

そうだと、玉雪は思いついた。なにも、わざわざ弥助を呼びにいくことはない。大藤屋の戸は、久蔵に開けてもらえばいいではないか。

これ幸いと、玉雪は久蔵に話しかけた。

「もしまだお帰りにならないなら、あのぅ、ちょいと手伝ってはいただけませんか？」

玉雪からわけを聞いた久蔵は、腕組みをした。

「ふうん。あの大藤屋がねぇ。あそこのきんつばが好物で、おれもよく買いにいくんだけど。……そういや、変なうわさを聞いたっけ。大藤屋のおかみさんがまいってるって。いきなり飼い猫が毎晩うるさく鳴くようになって、眠れなくなったってね。そこで、徳の高い坊さんを連れてきたところ、その飼い猫が良くないと言われたそうだ」

この猫はいずれ災いをもたらしましょう。大藤屋の店が大切ならば、いまのうちに手ばなしたほうがよろしい。

高僧はそう言ったが、大藤屋の旦那はしぶったそうだ。

「ずっとかわいがってきた猫だし、これが災いとなるなど考えられないって、旦那はことわったらしい。けど、坊さんは何度も説得に来るし、あいかわらず猫はうるさいし、おかみさんからはなんとかしてとせっつかれるし。……近々、旦那が折れて、猫はどこかにやられるんじゃないかって、そんな話を耳にした」

「そ、それはいつの話でございます？」

「十日くらい前だったかねぇ」

玉雪はぞわっとした。いやな悪寒がぶり返してきたのだ。

いま、あの家には守り猫がいない。そのことが玉雪の胸をざわつかせた。

「きゅ、久蔵さん。とにかく、あのぅ、大藤屋へいっしょに行ってもらえますか？」

「いいよ。……おれもなんかいやな気がしてきたよ」

久蔵の手をつかみ、玉雪は闇に滑りこんだ。できるかぎりの速さで、大藤屋へともどる。

大藤屋の前では、あいかわらず虎丸が呼びかけていた。

「開けてくだされ。入れてくだされ。旦那さま。おかみさん。ぼっちゃん」

玉雪たちがもどってきたのにも気づかず、一心不乱に呼びつづける守り猫。

玉雪はさけんだ。

「久蔵さん、お願いします！　か、かまわないから、戸を破って！　は、早く！」

「わ、わかったよ！」

久蔵は戸に体当たりを食らわせた。二回ほどぶつかると、かたんと、戸の向こう側で音がした。心張棒が外れたのだ。

久蔵が戸に手をかけると、すんなりと開いた。

「旦那さま！」

虎丸が稲妻のように中に駆けこんだ。玉雪と久蔵もあとにつづいた。

大藤屋の中は、魔除けの香が立ちこめていた。柱や天井にも無数の札が貼りつけてある。

虎丸はどこだと、玉雪はあせりながら探した。

「と、虎丸さん！」

「くそ。どこだい！　だれかいないのかい！」

二階へと駆けあがったところ、奥にふすまが見えた。少し隙間が開いている。

「虎丸さん！」

玉雪は駆けより、ふすまを開けはなった。

そこに、身をよせあい、ひとかたまりになってふるえている者たちがいた。男に女に小さな男の子。おそらく、大藤屋の主、藤一郎とその妻子だろう。三人とも真っ青な顔をして、こちらを向いている。だが、その目は玉雪や久蔵を見ていなかった。

彼らがおそろしげに見ている相手は……虎丸だった。

虎丸も、ぼうぜんとしたようすで主一家を見返していた。

「どうして？……なぜ知らない人たちが、ここにいる？　ここは……わしの家。旦那さまたちとわしの家なのに」

とまどったような声が、次第に怒りと憎しみに満ちていく。ふしゅうっと、虎丸の体から黒い気が立ちのぼりだした。

「旦那さまたちはどこだ！　どこに隠した！」

すさまじい形相で吼える虎丸に、親子三人はおびえて身をすくめるばかり。

玉雪はあわただしく久蔵にたずねた。

「久蔵さん！　あれは、本物の大藤屋さんたちですか？」

「あ、ああ、まちがいなく本物だよ」

「それじゃ……虎丸さん、ちょっと待って！　お願いだから、あのぅ、落ちついて！」

「うるさい！　旦那さまたちを返せ！　許さない！　許さない！」

ごとり。

ふいに、虎丸の頭が床に落ちた。首から下は消え、ただ頭だけがむくむくと大きくなっていく。その両目には、いつの間にか釘が深々と突きささっていた。

久蔵があえぐようにうめいた。

「ね、ね、猫首！」

「そんな……」

玉雪は痛いほど自分の両手をにぎりあわせた。

守り猫であるはずの虎丸が、猫首だったなんて。

ふいに、すべての謎がわかった気がした。

罠にはめられたのだ、虎丸も、この家の人たちも。

この家に近づく災いの気配を、守り猫である虎丸は感じとっていた。それを祓うために、昼夜を問わず、猫のまじないを唱えていたのだろう。だが、主たちにはそれがわからなかった。ことに、外から嫁いできたおかみには。

虎丸のせいで眠れないおかみに、そっと近づく者がいたはずだ。たとえば、「猫を捨てろ」と言った坊主。その坊主こそが、大藤屋に災いをもたらす悪者だったのではないだろうか？

その悪意に気づけず、大藤屋の人たちは守り猫を手ばなしてしまった。まさに、悪者の狙いどおりだ。

そして、この悪者はさらに残酷だった。虎丸を、猫首という凶器に作り変えたのだ。

術をほどこされたあと、虎丸は一度、この家にもどってきたのだろう。そして、いまのように猫首となり、主たちを襲ったにちがいない。そのときはまだ術が弱かったのか、それとも正気にもどったのか、とにかく主一家を殺せなかったようだが。

そして、主一家は虎丸を遠くに捨てた。たぶん、憑き物落としのつもりだったのだろう。悪いものが憑いているものを捨てる。捨てることによって憑き物を落とす。古くからある呪い返しだ。虎丸が元通りになってもどってきてくれますように。そう願って、主一家が虎丸を捨てたのだろう。

だが、玉雪が虎丸を大藤屋に連れ帰ってしまった。

自分の善意が災いに結びついてしまったことに、玉雪は体から血の気が引いていくような心地がした。

この間にも、虎丸は変身を遂げていた。もはや完全に猫首のすがたとなっている。

「返せ！　みんなを返せぇぇ！」

唸り声をあげながら、ごろりと、猫首が転がりだした。そのまままっすぐ、主一家へと向かっていく。

「だめ！　虎丸さん、正気にもどって！」

玉雪は虎丸に飛びついた。とたん、焼けるような痛みに襲われた。

見れば、手がただれていた。虎丸からあふれる悪意のせいだ。

と、久蔵が玉雪を押しのけ、なにかを虎丸に叩きつけた。

「みぎゃおおおおっ！」

絶叫をあげ、虎丸が大きくはねた。そのまま天井板を押しやぶり、すがたを消してしまった。

ごろごろという不気味な音が消えたあと、久蔵は玉雪をふりかえった。青い顔をしつつも、にやりと笑い、右の手を広げてみせた。手のひらには、白い砂のようなものがついていた。

「塩だよ。初音がね、お守りとして、いつも持っていろって。正直、面倒くさいと思っていたんだが、思いがけず役に立ったよ」

「お、奥さまの言うことは、あのぅ、聞いておいたほうがいいということですね」

「そうみたいだね」

軽口を交わすと、少し気持ちが落ちついてきた。

二人は、大藤屋一家に近づいた。三人は気を失って倒れていた。久蔵は主の顔を何度かはたいたのだが、いっこうに目を覚（さ）ますようすがない。

「悪い気に当てられたのでしょう。あのぅ、当分は起きないかと」

「まいったね。いまのうちに外に逃（に）がそうと思ったのに。ああ、けど、わかんないねぇ。あの猫（ねこ）は、主（あるじ）一家を守るのが役目なんだろう？　なのに、どうして猫首（ねこくび）になって、この人たちを襲（おそ）ったりしたんだい？」

「いまの虎丸（とらまる）さんには……この人たちが偽者（にせもの）に見えるんだと思います。呪（のろ）いをかけられ、あのぅ、そう思いこまされてしまっているんでしょう」

だから、虎丸（とらまる）は絶対（ぜったい）にあきらめないだろう。主（あるじ）一家を殺（ころ）すまで、狙（ねら）いつづけるにちがいない。

「ひどい話だよ。猫首（ねこくび）のうわさはおれも聞いてたけど……とんでもないもんだ」

ともかく、なんとかしなくてはいけないと、玉雪（たまゆき）と久蔵（きゅうぞう）は話しあった。

「あいつはじきにもどってくるだろう。おれの塩（しお）はまだ少しあるけど、同じ効き目（きめ）があるかどうかまではわからない。だからね、あいつを外におびきだすってのはどうだろう？」

「で、でも、おびきだすと言っても……。この人たちはこのとおり、あのぅ、身動きがとれないですし」

「だからさ、おれたちが身代わりになるんだよ」

案外いけるんじゃないかと、久蔵はつづけた。

「おれが見たところ、あいつは目が見えない。たぶん、匂いや気配で獲物に狙いをつけるんだ。だからさ、この人たちの着物をおれたちが身につければ、きっとこっちを襲ってくる」

「……なるほど。たしかに、あのぅ、そうなるかもしれません。……でも、そのあとは？あのぅ、ずっとあたくしたちが狙われることになりませんか？」

「……大藤屋から十分にはなれたら、ささっと着物を脱げばいいんじゃないか？」

「そんな適当な」

「他に手があるかい？」

「………」

とにかく、やってみようということになった。気絶している親子から着物を脱がせ、自分たちの着物と取りかえる。藤一郎のは久蔵が、おくらのは玉雪が着こむ。子どもの着物も同じように脱がせ、丸めて手に持った。

さいごの仕上げとして、親子の頭に少しずつ塩を置いた。魔除けのためだ。

よしと、玉雪と久蔵は顔を見合わせた。

「行こうか？」

「あ、あい」

子どもの着物を持ち、久蔵は大声でさけんだ。

「逃げるよ！　猫首から逃げるよ、おくら！」

呼びかけられ、すかさず玉雪は返事をした。

「あい、旦那さま！」

「坊はわたしがだっこしていく。おまえはわたしについてきなさい」

「あい！」

わざと足音を立て、二人は部屋を飛びだした。階段を駆けおり、外を目指す。

ごろごろと、すぐにあの音が聞こえてきた。

「来ています！　久蔵さん、追ってきています！」

「わかってるよ。いいから、早く早く！」

二人が大藤屋を飛びだしたあとも、音はずっとついてきた。猫首はどうあってもこちらの息の根を止めるつもりらしい。玉雪はぞっとした。

「ど、どうするんです？　このあとは、あのぅ、どうするんですか？」

「わかんないよ、そんなこと」

泣きそうな玉雪に、久蔵も泣きそうな声で答えてきた。そのときだ。道沿いに地蔵が六体ほどならんでいるのが見えた。

なにかを思いついたのだろう。久蔵は走りながら、着ているものを脱ぎにかかった。地蔵の前で足を止める久蔵に、玉雪は悲鳴をあげた。

「な、なにやってるんですか！」

「いいから、おまえさんも早く脱いで！　急いで！」

藤一郎の着物をがばりと地蔵にかぶせ、持っていた子どもの着物も別の地蔵にかける久蔵。その意味を悟った玉雪も、同じようにした。

肌着すがたとなった二人は、そばにあった熊笹のしげみへと飛びこんだ。

やがて、ごろごろと、猫首がやってきた。

猫首はまったく止まらず、そのままの勢いで地蔵の群れに突っこんだ。大きく開いた口が、おくらの着物をかぶった地蔵をがぶりとくわえる。

瞬時にして砕ける地蔵を見て、玉雪は自分が噛み砕かれるような心地を味わった。

次々と地蔵を破壊したあと、猫首はゆらゆらと空中にうかびあがった。これからどうしたらよいのか、考えているようだ。

ここで、久蔵が思いきったように大声を張りあげた。

「なんてこった！　死んじまった！　大藤屋さんが死んだ！　おかみさんもぼっちゃんも！　三人とも死んじまったよ！」

大藤屋一家が死んだ。

その言葉は大きな効果を生んだ。猫首は力を失ったように、地に落ちたのだ。首だけだったすがたがちぢみ、ふたたび虎丸のすがたになる。

猫首の呪いが解けたのかと、玉雪はしげみから出ていこうとした。が、はっとなった。

虎丸の目は白くにごり、うつろだった。耳をすませば、虎丸はなにかつぶやいていた。

「旦那さま。おかみさん。ぼっちゃん。どこにおいでです？　早く家に帰らなくては。帰りたい。帰りましょう。ぼっちゃん……」

虎丸さんと、玉雪は呼びかけてみた。が、虎丸の耳にはこちらの声は届かないようだった。そのよどんだ目にはなにも映らない。

虎丸は闇の中に囚われてしまっていた。

玉雪の目に涙がわいた。もう、どうにもならないのだろうか。このまま虎丸の魂はさ迷いつづけるしかないのだろうか。

思わず手をのばす玉雪を、久蔵が体でさえぎった。

「だめだよ、玉雪さん」

「で、でも……」

「あの猫に触ったらだめだ。おれでもわかるよ。あれはまだ呪われてる……下手したら、おまえさんまで引きずられちまうよ」

「そのとおりじゃ」

ふいに、あまい声音がひびいた。

玉雪も久蔵も飛びあがった。

いつの間にか、王蜜の君が二人のそばに立っていた。もはや子猫のすがたではない。雪のような髪を滝のごとくうしろに流し、金糸の縫いとりがされた深紅の打ちかけをまとった姫すがただ。闇の中で、その金の瞳はひときわ強くかがやき、まさに息をのむような美しさをかもしだしている。

玉雪はかたまってしまった。が、久蔵はなんとか声をしぼりだした。

「猫のお姫さん……な、なんでここに？」

「わらわの網に獲物がかかったのを感じての」

「網？」

「まあ、それはそなたには関わりのないことよ。それよりも、地蔵を身代わりにするとは、なんとも機転が利くものよ。さすがは初音姫が見こんだ男じゃ」

ほめる王蜜の君に、久蔵の顔色が変わった。

「……ちょいと待った。それじゃなにかい？　おれたちが必死で逃げているのを……」

「うむ。少し前から見ておった」

「なんで助けてくれないんですか！　お、おれたちがあやうい目にあってるのをただ見てるなんて！　ひどい！　あんた、猫じゃないね。鬼だ。鬼の姫だ！」

「失敬な。そなたらのがんばりに水を差すのも悪いと思うて、見守っていただけのこと。わらわとて、本当にあやうくなったら出ていくつもりであったわ」

ふんぞり返る王蜜の君に、玉雪はおそるおそるたずねた。

「ここにいらっしゃったということは……あのぅ、虎丸さんを助けてくださると？」

「むろんのことよ。あれはわらわの一族、わらわの守るべきものじゃ。……命を救うことはできなんだが、それでも魂は救うてやれる」

金の目に哀しみを宿しながら、王蜜の君は虎丸へと近づいていった。

目は見えなくても、気配は感じとれたのだろう。虎丸はおびえたように身をちぢめた。その体を、王蜜の君はやさしく抱きあげた。守り猫の耳に、穏やかにささやきかける。

「たとえ闇の中にいようとも、わらわの声は聞こえよう？　ようやったの、守り猫よ。そなたの大事なものに、もはや

災いはおよばぬ。そなたは家と主を守りきったのじゃ」

「……家を守った？　だ、旦那さまたちは、みんな無事？」

「そうじゃ。そなたは守り猫としての役目をはたしたのじゃ。じゃから、もうお休み。疲れておろう？　しばし休むのじゃ。心安らかに、わらわの腕の中で」

眠れ眠れと、やさしくささやく王蜜の君。その声に、虎丸はうっとりと目を閉じた。こわばっていた体からも力が抜けていく。

王蜜の君は虎丸を袖で包みこんだ。次に腕を開いたとき、虎丸のすがたは消えていた。ただきらきらとした光の粒だけがあった。それは粉雪のように舞いあがり、静かに王蜜の君の胸元へと吸いこまれていったのだ。

ああ、虎丸は救われたのだと、玉雪は安堵の息を吐いた。それは久蔵も同様だった。

そんな二人に、王蜜の君は笑いかけた。

「わらわの一族が世話をかけたの。礼を言うぞえ」

「いえ、とんでもない。……あのぅ、このあとは？　また太鼓長屋に？」

「いや。弥助のもとはなかなか居心地が良かったがの。そろそろ出てゆかねば。……獲物も定まったゆえ、わらわはこのまま去るとしよう。弥助と千弥には、そなたからよろしく伝えておくれ、玉雪。後日、改めて世話になった礼を届けるとな」

「あ、あい」

「そうそう、久蔵。初音姫とはなかようやっておるかえ？」

「ええ。……じつは、子どもができましてね」

「まことかえ！」

王蜜の君はよろこびをあらわにした。

「それはめでたい！　じつにめでたいのぅ！　なぜそれを早う言うてくれなんだ？」

「……言うひまなんか、なかったでしょうが」

「まあ、そうじゃの。ともかく、祝いの品を届けねばならぬのぅ。これもまたあらためて、あいさつにまいるとしよう。とりあえず、いまは狩りを終わらせねば。すまぬ、久蔵。玉雪も。わらわはこれで失礼させてもらうぞえ」

あわただしく言い、王蜜の君はすがたを消した。

玉雪はほっとした。助けられたとはいえ、やはり王蜜の君がそばにいると、どうも息がまともにできない気がする。それは久蔵も同様だったのか、ぼそりとつぶやいた。

「やっぱりとんでもないお姫さんだね。……は、はくしょん！」

いきなり久蔵がくしゃみをした。

「こりゃいけない。と、とりあえず、家にもどるとするかね。このままじゃ凍え死んでしまうよ」

「大藤屋さんたちに着せた着物は、あのぅ、どうしましょう？」

「……あのままにしておくしかないんじゃないかな。まあ、着物で命が買えたと思えば、安いもんだよ。ああ、心配ないよ。おまえさんには、おれが新しいのを見つくろってあげるからね」

「いえ、そんな。もとはと言えば、あのぅ、あたくしが久蔵さんを騒動にまきこんでしまったわけですし」

「いいからいいから。新しい着物をこしらえたら、きっと弥助もよろこぶよ？　かわいい、きれいだって、きっと玉雪さんをほめてくれるよ？」

玉雪は気持ちが大きくかたむいた。とどめとばかりに、久蔵は言葉をつづけた。

「それじゃこうしよう。おまえさんはいますぐおれをうちまで送る。その礼として、おれは新しい着物をこしらえる。そういう取引ってことで、どうだい？」

「……それじゃ、あのぅ、そういうことにしましょうか」

「そうしよそうしよ。ってことで、早いとこ帰ろうじゃないか。ほんとに風邪(かぜ)をひいちまいそうだよ」

そうして、玉雪(たまゆき)と久蔵(きゅうぞう)はその場から去ったのだ。

猫結び

せまい部屋の中、男が一人、商売道具の手入れをしていた。かみそりやはさみの刃をといだり、櫛をきれいにふいたり、鏡をみがいたりと、休むことなく手を動かしている。空気がしっとりとしているのは、椿油や鬢付け油の香りが部屋に立ちこめているせいだ。

そう。男は髪結いだ。そして、男はこの仕事が大好きだった。

椿油の香り。指にからみつく髪の感触。やはり女の髪のほうが量が多くて、触っていて気持ちがいい。が、かみそりで、男の無精ひげをさっぱりと剃るのも心地よい。

だが、一番楽しいのは、客の髪を扱っていると、相手の心が見えることだ。

不満や不安、悩み。

それらは、触れている髪と同じくらいのたしかさで、髪結いに伝わってくる。だから、客に合わせて、髪結いは物語を作り、語ってやるのだ。

彼は生まれながらの語り手だった。相手に合わせての物語作りも、それをなめらかにしゃべるのもお手のもの。さらに、その声は、髪に油がなじむように、相手の心にしみこむのだ。

だが、彼が語るのは、楽しい物語ではない。心の闇を広げるための物語なのだ。

男、女、町人、武士。相手がだれであれ、髪結いにとってはかわいいおもちゃだ。自分の言葉に心動かされて、闇へとおちていく人間を見るのは、髪結いにとってこたえられない遊びだった。

くつくつと、髪結いは笑った。

そうそう。最近のお気に入りと言えば、猫首だ。猫塚に猫の首をささげて、猫首という魔物を作り、憎い相手を殺すというもの。

さいしょにこの話をしてやった相手は、魚屋の女房おせつだ。

やさしい亭主、繁盛している商売。一見、幸せそうに見えるおせつには、じつは深い悩みがあった。嫁いできて五年以上たつのに、いまだに子どもが生まれないことだ。

だから、となりのだんご屋の女房おときが元気な男の子を産んだとき、おせつは心底おときを憎んだ。

なぜあの女が赤子を抱いている？　なぜ自分ではない？　許せない。あんな赤子、いなくなればいい。そうすれば、おときはうんと苦しむことになるだろう。それが見たい。

もちろん、そんな思いを外に出せるはずがない。

みにくい嫉妬と恨みを胸に溜めこんでいたおせつ。髪はぱさぱさに乾き、傷んでいた。かわいそうにと、髪結いは思った。なぐさめてやらなくては。この哀れな心をくすぐるような話を作ってやろう。そう。恨みを晴らせる呪いの話がいいだろう。

たちまちのうちに、一つの物語が髪結いの頭の中で組みたてられた。ちょうどそのとき、外を猫が通るのが見えたので、呪いの道具として猫を使うことを思いついた。ちょっとした小道具だ。

そうして髪結いはおせつの髪を結いあげながら、「お客さん、こんな話をご存じですか？」と、できたてほやほやの物語をゆるやかに話してやったのだ。

おせつのために作った話であったが、自分でもなかなか気に入ったので、他の客にも話してやった。

浮気者の亭主を取りもどしたいとあせる女。

妹が嫁ぎ先でいじめぬかれたと怒る男。

最近では、人妻に惚れた坊主に話してやった。邪魔な亭主と子どもを呪い殺せれば、うまく女を手に入れられるかもしれない。こちらの話を聞いているうちに、坊主がそんな考えに取りつかれていくのが、手に取るようにわかった。

それにしても、我ながらよくできた話だった。「いけにえは毛色ちがいの猫四匹にするべし」とか、「首を切り落としたら、目には太い釘を打ちこむ」とか、「呪う相手の飼い猫を使えば、より強力な魔物ができる」など、少しずつ細かい部分を付けたしていったのもよかったのだろう。いまでは「猫首」の話は、江戸中に広まっている。

だが、もうそろそろ新しいものを考えよう。今度はどんなものを語ろうか。

そんなことを考えながら、今度は髪油の調合にとりかかった。鬢付け油には、数種類の香油と椿油を独自に混ぜあわせたものを使っている。これがまた、「香り高い」と、評判がいいのだ。

そうして、鉢の中へと材料を少しずつ加えていたときだ。

「やっと見つけたぞえ」

蜜のようにあまい声がひびいた。

ぎくりとして、髪結いはふりむいた。すぐうしろに、十歳くらいの娘が立っていた。

おそろしいほど美しい娘だった。抜けるように白い肌、金色にかがやく目。深紅の打ちかけをまとったそのすがたは、この世のものとも思えない。

なによりその髪の美しさに、髪結いは心奪われた。

長い長い白い髪。かがやくような艶があり、なんとも美しい。

触りたい。この手ですくいあげてみたい。

思わず髪結いは手をのばした。だが、すいっと娘はその手を避けた。金の目は楽しそうに、そして冬の星のように冷たくきらめいていた。

それに気づき、髪結いは初めてうっすらとしたこわさを感じた。

「だ、だれなんだい、おまえさんは？」

「そなたに恋こがれていたものじゃ」

「あ、あたしに？」

「そうじゃ。ようやく会えたの、愛しの君よ。これ以上のよろこびはないぞえ」

愛しいと言いつつ、娘の声にはこちらをなぶるようなひびきがあった。そのまなざしは、獲物を前にした猫の目だ。

ふるえだす髪結いに、娘はゆっくりとささやきかけてきた。

「うわさというものは魔と同じよ。悪いうわさほど早く広まり、より黒くふくらんでいく。それもそのはず、言葉には強い力があるからじゃ。呪いの言葉は力を持ち、病のごとく広まっていく。それはそなたもよう知っておろう?」

「う……」

「……昔から、そなたのような人間はいたものよ。物語を生みだし、うそをまことにする言霊師。その才をよいことに用いれば、いくらでも人を救えるというに。周囲をかき乱し、破滅させることに使うとは、じつにもったいないことよ」

だがと、あやかしの目があざやかに燃えはじめた。

「こたびは選んだ題材がまずかったのぅ。四匹の猫を猫塚に捧げよ、か。おかげで、多くの猫と、わらわの一族たる化け猫が命を散らした。……許せることではない」

「あ、あたしはなにも、なにもしちゃいない。ただ話をしただけだ。実際に呪いをやるかやらないかなんて、そいつら次第だ。あたしは虫一匹傷つけちゃいないよ!」

「ふふふ。そういう言い訳は、わらわには通じぬよ。それに……犠牲になった猫たちには申し訳ないが、感謝してもいるのじゃ」

「え……」

「おかげで、わらわはそなたに会えた。そなたという存在を知ることができた」

惚れ惚れとしたまなざしで、娘は髪結いの胸元を見つめた。

「そこまでゆがんだ魂をよくぞ保ちつづけたものじゃ。腐った臭いが、ここまでただよってくる。ほんに愛おしい。……わらわのものにおなり。わらわの、かわいいおもちゃにおなり」

ぎょっとする髪結いの胸元に、かわいらしい小さな手がするりとのびた。

「ひぃぃぃっ！」

「おお、心の臓が破れんばかりに打っておるの。よいよい。こわがってくれると、魂にさいごの磨きがかかる。うんとおそれよ。このわらわをおそれよ」

男の胸をまさぐりながら、娘はますます目をかがやかせる。ほとんど火の玉のようだ。

恐怖におびえながら、髪結いは問うた。一つだけ、どうしてもひっかかっていたからだ。

「ど、どうして……どうやって、あたしのことを嗅ぎつけたんだい？　うわさのもとなんて、た、たどれるはずがないのに」

「……髪油じゃ」

「か、髪油？」

「そうじゃ。妹の嫁ぎ先を呪った男からは、他とはちがう髪油の匂いがした。今夜、新たな猫首があらわれたゆえ、その作り手を探したところ、同じ匂いを衣につけた僧を見つけた。一度ならず二度とくれば、つながりが見えてくる。あとは簡単なことであった。わらわは犬ではないが、それなりに鼻は利くからの」

「そんな……そんなことで……」

「この世のすべてはつながっておるのよ。細い太いの差はあろうと、みな、なにかしら関わりあっておる。ゆえに、そなたの悪意はこの王蜜の君にも届いた。これが理というものよ」

ずぶりと、王蜜の君の手が髪結いの胸にめりこんだ。めりめりと、肉がきしむ音が立ち、髪結いの顔が苦痛にゆがむ。

だが、男がさけび声をあげる前に、王蜜の君は手を引きぬいた。

白い手につかまれていたのは、紫紺色の珠であった。芯は黒く、外側もどろりとにごりつつ、その深い色合いはどこか魅了されるものがある。

加えて、珠は炎をまとっていた。地獄の深淵から噴きあがってくるような、薄墨と深紅がまざりあった炎は、美しくも禍々しい。

おおっと、王蜜の君が喜びの声をあげた。

「見事な！　これほど美しいとは思いもせなんだ。うむ。人の魂は、やはり肉体から取りだしてみなくてはわからぬのぅ。うれしや。魂遊びに使える駒がまた一つ増えた」

愛おしそうに珠を両手で包みこんだあと、王蜜の君は思いだしたように足元に転がっている髪結いを見下ろした。

「ああ、屋敷にもどる前に、こやつがふりまいたうわさの火消しをせねばならぬのぅ。こやつが消えても、うわさは一人歩きしていくだけじゃ。しかし、寝言猫たちに頼んで、記憶のすり替えをやってもらうのは……さすがに大がかりすぎるか」

眉をひそめたところで、王蜜の君はふと思いついた。

「……いっそのこと、このうわさ、このままうまく使わせてもらおうかの。うむ。そうじゃ。それがよい。せっかくこうして広まったのじゃ。使わぬ手はない」

しのび笑いだけを残して、王蜜の君はすっと消えた。それこそ猫のように音もなく……。

後日、江戸の町にまことしやかに広まるうわさがあった。

猫塚っていうのは、知ってるだろ？　ほら、猫をささげて願かけすると、猫首ってぇ化け物があらわれるってやつ。で、憎い相手を殺してくれるという、まあ、おそろしい呪いの塚よ。

でもな、ありゃ、まったくのでたらめだそうだ。

その証拠に、ほんとに猫首まじないをやったやつぁ、みんな不幸な目にあってるんだと。

え？　なぜそうなったかって？

そりゃ、猫塚に祀ってあるのが、いい神さまだからよ。いい神さまにはいいお願い事をしなきゃ、罰があたるってもんだ。

でさ、猫塚の神さまがお好みなのは、「悪いやつをとっちめてください」ってぇお願いだそうだ。この世の悪をつぶすのがお好きなんだろうな、きっと。

とにかく、こういう神さまが増えてくれるといいよな。そうすりゃ、どんどん悪党が退治されて、世の中が良くなるってもんさ。

猫(ねこ)めぐり

1

年が明け、正月三が日がつつがなく過ぎた。七草粥を食べ終えれば、お祭り気分はもうおしまい。日常がもどってくる。

新たに気持ちを引きしめていこうと、弥助はたまっていた洗濯物をかかえて井戸に向かおうとした。そして、あぜんとしてしまった。太鼓長屋の大家、辰衛門がしょんぼりと立っていたからだ。しかも、その腕には見おぼえのある子猫が二匹、かかえられている。

「銀子！　茶々丸も？」

以前、みおから預かり、弥助がしばらく面倒を見ていた子猫たちだ。この二匹は同じ家にひきとられたはずなのに。

目を丸くする弥助に、めんぼくないと、辰衛門は頭を下げてきた。なんと、子猫たちをもらっていった瀬戸物問屋が夜逃げしたのだという。三が日を過ぎてもすがたを見せない一家に、近所の人たちが不審に思って店の戸を開けたところ、中には痩せこけた子猫たちだけが残っていたという。

「ひでぇ。じゃ、こいつら、ずっと飲まず食わず？」

「店の人が少しはえさを残していったらしく、それを食べていたみたいだけどね。とにかく、ひどい話だよ。自分たちだけ逃げるなんて。あんな人たちを見こんでしまうなんて、この辰衛門、なさけないよ」

くやしげに唸りながら、辰衛門は弥助を見た。

「飼い主探しはあたしが責任を持ってやるから、その間、この子らを世話してもらえないかい？　あたしのとこで見てやれれば一番いいんだけどね。うちのかみさんが猫が大の苦手なんだよ。見るだけで飛びあがるくらいでねぇ」

「いいよ」

「ありがたい。じゃ、よろしく頼んだよ。今度こそいい貰い手を見つけてくるからね」

捨てられたせいか、二匹の子猫はどことなくするどい顔つきになっていた。抱きよせようとした弥助の手もひっかいてきた。

「こら、よせよ。おれだって。おぼえてないのかよ？　いてて。くそ。さんざん飯やったのになぁ」

なんとか子猫を受けとり、弥助は長屋に入った。

「千にい……」

「話は聞こえていたよ」

「さすがだね。……えっと、そういうことで、またしばらく預かってもいい？」

「かまわないよ。大家さんに恩を売っておくのもいいと思うしね」

あいかわらず、しゃべらない猫にはやさしい千弥だ。

苦笑しながら、弥助は部屋に子猫たちをはなしてやった。

子猫たちはすみにちぢこまり、少しでも弥助や千弥が動くと、しゃあしゃあとつばを吐いた。

が、しばらくすると落ちついてきた。弥助がかつおぶしと冷や飯で猫まんまを作ってやると、がつがつと食べた。そのがっついたようすに、弥助は胸が痛んだ。

二匹だけで残されて、どんなに心細かっただろう。こうなったら、うんとかわいがってやろう。どっさり食べさせて、遊んでやって、以前の人なつこい子猫にもどしてやろう。

だが、ここで弥助はふと心配になった。

他の二匹、黒助と虎太郎はどうしているだろう？　銀子たちのように、人間の身勝手にふりまわされてはいないだろうか？　いじめられたりしていないだろうか？

むくむくと不安がふくらんできた。

弥助は、千弥のほうを見た。

「千にい……おれ、ちょっと出かけてもいい？」

「いいよ」

美しい顔にやさしい笑みをうかべて、千弥はうなずいた。

「たしか、虎太郎は二丁目の小唄のお師匠さんに、黒助は権太坂の炭屋にもらわれていったんだったね。どちらもそう遠いところじゃないけど、なるべく早く帰っておいで。風が冷たいから」

「……わかった」

あいかわらず、弥助の考えることはお見通しらしい。

苦笑しながら、弥助は外へと飛びだしていった。外は寒くて、たちまち耳や指先がきんと痛くなってくる。

手に息を吐きかけながら、急ぎ足で大通りへと出た弥助。そこで、辰衛門の息子、久蔵にでくわしてしまった。

「んげ！」

「あ、弥助！」

まわれ右しようとする弥助を、久蔵はがばちょとつかまえた。

「ちょうどよかった！　おまえんとこに行くところだったんだよ！」

「はなせ！　おれはおまえに用なんかない！」

「そうつれないことを言うんじゃないよ。いいから、こっちへ。こっちおいでって！」

力ずくで、弥助は近くの路地へとひっぱりこまれてしまった。

「なんなんだよ、もう！　子どもができたんだろ？　初音姫、つわりとかで大変なんじゃないのかい？」

「うん。朝から晩までつわりがひどくてね。そばにいてやりたいんだけど、今日はお乳母さんが来て、追いだされちまったんだよ。夜までもどってくるなってね」

「……だからって、なんでおれのとこに来ようって思ったのさ？」

「頼みたいことがあったからだよ」

真剣な顔になって、久蔵は弥助の肩をがしっとつかんだ。

「おまえ、妖怪の間じゃそこそこ顔が知れてるんだろう？　そのってを頼みたい。……生まれてくるおれの子を、男の子にしてほしいんだよ」

「はあ？」

目を点にする弥助に、久蔵はなんとしても男の子がほしいのだと熱をこめて言った。

「だれか知らないかい？　腹の中にいる赤子を男にできるっていう妖怪。知っていたら、教えてほしい」

「……そんなことができる妖怪なんて、聞いたことないし。第一、男でも女でも、元気に生まれてきてくれれば、それでいいじゃないか」

「いやだぁ！　女の子はやだやだやだやだぁ！」

なんと久蔵、ばったりとあおむけに倒れ、すそをおっぴろげてじたばたしはじめたではないか。あまりに見苦しいすがたに、弥助はげんなりした。

「やめてくれよな、もう。おまえのふんどしなんて、見たかないんだ。だいたいさ、見そこなったよ。男の子がいいだなんてさ。そんなにあとつぎがほしいのか？」

「だれがあとつぎがほしいだなんて言ったさ？　おれはただ、娘はいやだと、そう言ってるんだ」

「同じことだろ？」

ぜんぜんちがうと、久蔵はかみつくように言いかえした。

「娘なんて生まれてごらんよ。おれは絶対夢中になる。もう目に入れても痛くないくらい、かわいがるに決まってる。な、なのにだよ。娘なんてのはさぁ、すぐに大きくなって、きれいになって、嫁に行っちまうんだよ？　あああ、やだやだ。絶対やだやだやだ！」

「だからって妖怪を頼るのはさぁ……そういうのは神頼みするもんじゃないの？」

「もちろん、あちこちの神社に願かけしまくってるとも。安産祈願といっしょに

ね。でも、妖怪からも力を借りたいんだよ。ね、礼はするからさ。このとおりだ。頼む！」

「頼まれたって困るよ。おれにはてんで心当たりがないんだから。それに、いまそれどころじゃないんだよ」

うんざりしながらも、弥助は二匹の子猫のことを話した。

「てわけで、おれはこれから他の二匹のようすを見にいくんだ。だから、おまえも帰れよ」

「冷たいじゃないか！　こ、このおれを見捨てるのかい？　こんなに困ってるってのに」

「悪いけど、同情できない悩みだし。ほら、帰れって！」

だが、久蔵はのりのようにへばりつき、いっこうにはなれようとしない。

しかたなく、弥助はそのまま二丁目に向かうことにした。久蔵はぶちぶちぐちを言いながら、あとをついてきた。

小唄の師匠の家についたところ、すぐに虎太郎が戸口のところまで出迎えに来てくれた。たっぷりかわいがられているのだろう。むくむくと太り、そのまま漬物石に使えそうだ。

「よしよし。これなら平気だな」

次は黒助だと、弥助は権太坂の炭屋に向かった。むろん、久蔵はついてきた。

炭屋にもらわれた黒助は、見るからに元気のいい感じに育っていた。主人に話を聞いたところ、狩りが好きらしく、この前は雀をとらえたのだという。

「そのうち、ねずみもとってくれるようになるだろうね。そうなったら、うちは大助かりだ」

にこにこ顔の主人に「これからもよろしく頼みます」と頭を下げ、弥助は太鼓長屋にもどることにした。

ほっとした顔をしている弥助に、久蔵がにやりとした。

「よかったじゃないか、子猫らが元気で。さて、これで気がかりも消えたわけだし、おれの相談にちゃんと乗ってくれるだろ？　ゆっくり飯でも食いながらさ」

「飯って……まさか、このままうちまで……」

「うん。ひさしぶりに、弥助、おまえの漬物が食いたくなってきた」

「ふざけんな！　絶対食わせないからな！」

「そう言いなさんな。おれが焼きにぎり作ってやるから。あ、帰りにさ、こんにゃくと豆を買っていこう。ねぎはあるんだろう？　ちぎりこんにゃくと豆の煮物に、熱々の根深汁、焼きにぎりに漬物とくりゃ、もう言うことなしの晩飯だ」

「だ、か、ら、おまえがそれにありつくことはないっての！」

「冷たいこと言うなよぉ！」

「は、はなせ！」

「に、逃がすか！」

はなせ、はなさぬと、もみあっていたときだ。野太い声がした。

「弥助？　おぬし、弥助ではないか？」

2

ふりかえった弥助は目を丸くした。

「さ、左門さん？」

けがしたみおに親切にしてくれた浪人だ。こうして会うのは、ふた月ぶりだろうか。

だが、そのすがたはまるで別人だった。

くたびれた着流しのかわりに、上等な小豆色の着物としゃれた黒い長羽織をまとっている。ぼうぼうだった頭も、こざっぱりとした町人髷になり、帯からは象牙の根付がぶらさがっている。まるで、どこぞの店の主と言わんばかりの身なりだ。

いかつい顔を大きくほころばせ、左門は弥助の肩に手を置いた。

「やはり弥助か！　おぬしにはまた会いたいと思っていたのだ。元気にしていたか？」

「う、うん」

「それで、こちらは知りあいか？　なにやらもみあっていたようだが、問題でも？」

少し警戒したように久蔵を見る左門に、弥助はあわてて言った。

「なんでもないよ。こいつのことは気にしないで。ただの知りあいだから。あ、久蔵。この人は脇坂左門さん。さっきの子猫たちをさいしょに拾って、面倒見てくれた人だ」

「ほほう。例の親切なお人ってわけだね」

簡単なあいさつが終わると、左門は気がかりそうに聞いてきた。

「……ところで、みおはどうしている？　元気にしているか？」

「うん。あの一件があって、落ちこんではいたけど。でも、いまはもう平気だよ。左門さんにもまた会いたいって、しきりに言ってた」

「そうか。そう言ってくれたか。あの子には申し訳ないことをしたというのに。今度会ったら、あやまらねば。……子猫らは？　どうしている？」

「銀子と茶々丸は、いまおれのとこにいるよ。他の二匹は、それぞれ飼い主にかわいがってもらってる」

「そうか。それを聞いて安心した」

ほっとしたように息をつく左門に、弥助は思いきって切りだした。

「それにしても、ずいぶん変わったね、左門さん」

「うむ。じつはな、このたび祝言をあげることになってな」

照れくさそうに鼻をかきながら、左門は話した。

「妙な縁で出会った相手で、紙問屋、吉野屋の娘、おつたという。こんなおれをどういうわけか気に入ってくれてな。おつたの父上も、ぜひにと言ってくれて、婿入りすることにしたのだ」

「すげえ。吉野屋っていったら、大きな店じゃないか」

手を叩く弥助に、それまでだまっていた久蔵も口をはさんだ。

「それに、あそこの一人娘といったら、美人で名高いよ。そんなおじょうさんに惚れこまれるなんて、あんた、なかなかやるねぇ」

「うむ。まあ、猫のおかげでつかめた縁だ」

不思議な白猫が自分を訪ねてきたのだと、左門は言った。

「じつにきれいな猫だった。雪のような毛並みに、黄金色の目をしていて。それこそ神の使いのようでな。うそだと思うかもしれないが、言葉をしゃべった」

「……」

「明日、常夜橋に行くといいと言い残して、白猫はすがたを消した。猫に親切にしてくれた礼だと言ってな」

気になった左門は、次の日、言われたとおりに常夜橋に行ってみたのだという。そして、酔っぱらいにからまれている吉野屋親子に出会ったのだ。

「見すごせず、無礼な男を川に叩き落としたところ、えらく感謝されてな……そこからつきあいがはじまったのだ。いまのおれがあるのは、あの白猫のお告げのおかげだ。……だが、まだつづきがあるのだ」

「つづき？」

「ああ。先月も、猫の夢を見たのだ。今度出てきたのは、ぶち猫でな。頭に赤い手ぬぐいをかぶって、人のようにうしろ足で立つ猫だった」

その猫は、あの白猫の使いだと名乗り、次のようなことを伝えてきたという。

今後、悪人に苦しめられている者を見かけたら、猫塚に行くように助言してほしい。猫塚は白猫に通じているから、きっと助けてくれるだろうと。自分も白猫のおかげで幸せになれたのだと言えば、人はその言葉を信じるだろう。

ぶち猫はそう言って、すがたを消したという。

「だからこうして、会う人会う人に白猫のことを話しているわけだ。弥助、おまえも困ったことがあったら、ぜひ猫塚に行ってみるといい。あ、すまぬ。そろそろ行かねば。今度、改めてそちらにうかがう」

また会おうと約束し、左門は大股で去っていった。

弥助と久蔵は顔を見合わせた。

「……おい。あの人が言ってた白猫って、あれだろ？　猫のお姫さんだろう？」

「うん。まちがいないね。王蜜の君、またなんかやらかそうとしてるみたいだな。猫塚に行けだなんて、なにをたくらんでるんだろう？」

弥助は首をかしげた。

一方、むふっと、久蔵は小鼻をふくらませた。目が異様にきらめきだしていた。

「あの猫のお姫さんのことを忘れていたよ。強い力を持った大妖なんだよね。……ということはだ。あのお姫さんなら、おれの願いもかなえてくれるんじゃないかね？」

「やめときなよ。あの王蜜の君は、お人よしじゃないんだから。それなりの見返りがなきゃ、鼻で笑われるだけだって」

「だからさ。左門さんみたいに、あのお姫さんに恩を売ればいいんだろう？　初音から聞いたけど、あのお姫さんは猫を守るものだそうだ。つまり、おれが猫に親切にすれば、恩を売れる！　たとえば、おまえのところに持ちこまれた子猫たちだ」

「え？」

「その子らに、おれがいい飼い主を見つけてやるってのはどうだい？　ちょうどね、飼ってくれそうな人に心当たりがあるんだよ。うん。これはいける！　これっきゃない！」

「やめてくれよ！　おまえの事情に銀子たちをまきこむなって！」

だが、久蔵が聞くわけがない。猪のように走っていく久蔵を放っておくこともできず、弥助は泣く泣くあとを追いかけるしかなかった。

そうしてたどりついたのは、一軒の菓子屋だった。菓子屋としてはかなり大きく、客でにぎわっている。看板には「大藤屋」と書いてあった。

久蔵のあとにつづいて、弥助ものれんをくぐった。とたん、あまい香りが鼻をくすぐってきた。砂糖やあんこ、あまじょっぱいみたらしの香りに、思わずつばがわいた。ずらりとならんだまんじゅうや落雁に、ついつい目移りしてしまう。

そんな弥助を残し、久蔵はずんずん奥へ進んだ。

奥には、大藤屋の主人、藤一郎がいて、にこやかに客あしらいをしていた。

久蔵は声をかけた。

「こんにちは、藤一郎さん」

「これは久蔵さん。よく来てくださいました。またきんつばをお求めで？」

「いや、今日は別の用件があってね。ちょっと奥で話せませんか？」

「いいですとも。こちらへどうぞ」

主人といっしょに売り場をはなれようとしたところで、久蔵は弥助のほうをふりかえり、財布を投げてよこした。

「おれは旦那と少し話してくるから、おまえはここで好きな菓子を選んでおいで」

「こら、きゅ、久蔵！　待てって！」

「すぐもどるからさ」

すたすたと奥に消える久蔵に、弥助はなにやら腹が立ってきた。

なんで久蔵にふりまわされなきゃならないんだ。ようし。こうなったら菓子を買いまくってやる。久蔵の財布をすっからかんにしてやろうじゃないか。

「番頭さん。このまんじゅう、ぜんぶください！　あと、そっちのだんごも！」

弥助の大声が大藤屋にひびきわたった。

奥の座敷に通された久蔵は、改めて藤一郎と向きあった。藤一郎はにこにことしている。その笑顔に、久蔵は心の中でうなずいた。

あの夜、猫首に襲われたときのことを、この主人はおぼえていない。知りあいの妖怪に頼んで、一家の記憶を消してもらったと、玉雪は言っていたが、どうやら本当のことだったようだ。

玉雪の配慮に感謝しながら、久蔵はずばりと切りだした。

「藤一郎さん。猫を飼いませんか？」

「えっ？」

顔色を変える主人に、久蔵は早口でまくしたてた。

「おたくの猫がいなくなったことは知っています。虎丸、でしたっけ？　大事な猫だったんでしょう？　それだけに、いなくなっちまってさびしいんじゃありませんか？　ちょうど子猫がいるんですよ。それも二匹。かわいい子らでねえ。ぼっちゃんのいい遊び相手になると思いますよ。どうです？　この際だから、二匹ともひきとって……」

「待って。待ってくださいまし」

手をふりながら、藤一郎は久蔵の言葉をさえぎった。

「たしかに、うちは長年かわいがっていた猫をなくしました。だからと言って、そうほいほいと新しい猫を飼うなんてできません。それに……じつを言うと、もう猫は飼わないつもりなのです。家内がすっかり猫ぎらいになってしまって」

「それは、おたくの猫が猫首になっちまったからですか？」

　ぎょっとする藤一郎に、久蔵はうなずいた。

「ええ。知っていますよ、なにもかもね」

「……なんのことだか。もう、お、お帰りください」

　わなわなとふるえている主人を、久蔵はじっと見つめた。

「ご主人。あんたはわかっているはずですよ。虎丸は悪い猫じゃない。むしろ、この家を守っていた。あんたやぼっちゃんのことが大好きだったんだ」

「………」

「それがわかっていたから、不吉な猫だと言われても、あんたは手ばなそうとしなかった。でも、おかみさんが勝手に連れだしてしまったんでしょう？」

　そうだと、ついに藤一郎は力なくうなずいた。

「お祓いをしてもらうために、えらいお坊さんに預けた。家内はそう言って、あたしが居場所を聞いても、がんとして口を割りませんでした。数日後、虎丸は猫首になってもどってきました。あたしたちに襲いかかってきて……でも、途中でもとのすがたにもどったので、急いでここから連れだし、遠くに捨てました。……本当に殺されるかと思いました」

「でも、こうして生きている。あれから猫首はもどってきていないんでしょう？　つまり、呪いはもう解けたんです。おたくはもうだいじょうぶなんですよ」

「あたしもそうだとは思います。でも、あんなことがあっては、とてもとても猫を飼う気にはなれません。もうまっぴらごめんなんです」

お帰りくださいと、硬い声で言われ、久蔵は立ちあがった。これ以上の説得は無意味だと、わかったからだ。

店にもどった久蔵は、まんじゅうをかじる弥助と、その横に山のように積みかさねられた菓子箱包みを見て言葉を失った。

「……なんだい、それは？」

「なにって、菓子だよ。好きなの買っていいって言うから、思いっきり買わせてもらった。長屋のみんなへのおみやげさ」

「ばっ！　ばっか野郎！　金は？　財布にゃ、二分入っていたはずだよ？」

「うん。すっかり使わせてもらった。財布ごと投げてよこすんだもん。ぜんぶ使っていいってことだと思ってね」

「くそぅ。もう絶対、おまえにゃ一文だって、おごったりしないからね」

「けちなことを言うなよな。それより、ここの旦那と話はついたのかい？　子猫のことを頼んだんだろ？　どうだった？　もらってくれるって？」

「いや。でも種はまいたよ。あとは水をやるだけさ。ってことで、弥助、王蜜の君と会えるよう、今夜にでも玉雪さんに頼んでおくれよ。……おれの財布を空にしといて、いやとは言わないだろうねぇ？」

「ちっ。わかったよ。そのかわり、この菓子箱、長屋に運ぶのを手伝えよな」

「ほんと生意気ながきだよ。この久蔵さまをこき使うなんて」

憎まれ口を叩きあいながら、二人は大藤屋を出て太鼓長屋に向かいだした。

3

その夜、大藤屋の主、藤一郎はなかなか眠れなかった。

藤一郎の心の中は複雑だった。

虎丸への愛しさや申し訳なさ、こちらを傷つけようとしてきた猫首への怒りやおそれ。

そういったものがどっと押しよせてきて、息をすることすらつらくなってくる。

だが、この悩みはだれにも打ち明けられない。一人息子の藤吉はまだおさないし、妻のおくらとは、あの一件以来ぎくしゃくしたままだ。

この家はこわれたままだ。もう元通りになることはないだろう。

切なさと苦しさに、涙がわいたが、どうしようもない。

だが、寝返りを打ったところで、藤一郎ははっとした。

ふとんの横に、見たこともない娘が座っていたのだ。姫君のような打ちかけをまとい、きらめく純白の髪が畳の上にまで広がっている。

息をのむような美しさ、見事な金の目に射抜かれ、藤一郎は動けなくなってしまった。

それでも必死に声をしぼりだした。

「だ、だれですか?」

「わらわは猫を守護するもの。今宵ここにまいったは、そなたに会いたがっているものを連れてくるためじゃ」

娘が袖をふると、ころりと、珠のようなものが転がりでてきた。それは淡い光をはなちながらふくらみ、見る間に一匹の虎猫へと変じた。

「虎丸!」

思わず手を差しのべた藤一郎だったが、あわててそれをおろした。そのしぐさに、虎丸のひげがだらりと下がった。

「旦那さま……わしは正気でございまする。もう旦那さまを傷つけるようなまねは……」

「あ、いや、ちがうんだよ! おまえが元通りなのは、見ればわかる。だけど、あたしにはおまえに触る資格がないんだ。……あたしは、おまえを捨てちまったんだもの」

「ただ捨てたわけじゃないでしょう?」

虎丸の声はやさしかった。

「ただ捨てたいのなら、そのへんの川やどぶにわしを投げこんだはず。でも、旦那さまはそうせず、〝遠くまでわしを運びなさった。あれは憑き物落としだった。ちがいますか？もしかしたら、わしに憑いた悪いものが落ち、もとにもどってくれるかもしれない。そんな願いをこめて、捨てたのでしょう？」

「……なんでもお見通しなんだね」

「長いつきあいでございますからねぇ」

穏やかに笑う年寄り猫に、藤一郎はおんおん泣きながらすがりついた。

「虎丸。ごめんよ。おまえを助けてやれなくて、ほんとにごめんよぉ」

「いえいえ、あやまるのはこちらのほうでございます。みなさまを守るどころか、襲ってしまうなど、守り猫としてあるまじきこと。まことに申し訳なく、恥ずかしいばかりで」

「いいんだよ。もういいんだ。そんなことより……もう苦しくはないのかい？」

「はい。いまはこのお方に守られておりますゆえ……旦那さま」

「なんだい？」

「しばらくおひまをいただくことになりそうでございます。呪いによって負った傷は、治りが遅うございます。じっくりと癒させていただきたいのでございまする」

　そのかわりと、虎丸はつづけた。

「わしはまたかならず旦那さまのところへもどってまいります。ですから、みなさまとなかよくお暮らしください。わしがもどりたいのは、旦那さまたちが笑って暮らしている家なのでございます。もどってきたとき、冷えきったご家族を見るのは辛うございます」

「虎丸……」

「約束していただけましょうや？」

「……約束するよ。おくらともよく話しあう。だから、かならずもどってきておくれ」

「はい。はい、かならず」

約束を交わしたあと、虎丸はふたたび珠となり、娘の袖の中へともどっていった。

娘は笑った。

「というわけじゃ。この守り猫の魂は、しばらくわらわが預かるぞえ」

「虎丸をどうかどうか、よろしくお願いいたします」

「むろんのことよ。……じゃが、恩を感じるというのであれば、頼みたいことがある。虎丸が無事生まれ変わるまでは、十年はかかるであろう。その間、そなたの家に猫がおらぬというのはよろしくない。じゃから、新たな猫を迎え入れてほしいのじゃ。虎丸がもどる前に、そなたの妻や子には猫好きにもどってもらわねば困るしのぅ」

「……わかりました。そういうことであれば、十匹でも二十匹でも飼うとしましょう」

「ふふふ。それはまた頼もしい。まあ、とりあえず二匹、頼むとしようかの」

庭を見てみよと言いのこし、娘はすっとすがたを消した。

夢から覚めた気分で、藤一郎は目をこすった。

見知らぬ美しい娘の訪れ。虎丸との再会。しかも、その虎丸は人の言葉を話した。

ふつうに考えれば、現実のはずがない。だが、ただの夢とも思えない。

「庭を……見てみるか」

中庭に出た藤一郎は、ふたたび目をみはった。

子猫が二匹、行儀よく庭石の上にならんで座っていた。一匹は銀灰色で、もう一匹は白と茶の鉢割れ猫だ。かなり痩せてはいたが、藤一郎を見るなり駆けよってきて、足に体をこすりつけてきた。人に飼われたことがあるらしい。

びっくりしながらも、藤一郎は身をかがめて子猫たちをなでようとした。

そのときだ。なんと、おくらがやってきた。藤一郎にまとわりつく子猫たちを見ると、その顔はすっと白くなった。

藤一郎はあわてて子猫らをかばった。今夜のことは説明できないことばかりだが、この子らは虎丸から託されたものだ。そうとしか考えられない。なんとしても守らなくては。

そんな藤一郎に、おくらはあわてたようすで首をふった。

「ち、ちがう。ちがうのです。夢のとおりだったから、おどろいただけです」

「夢？」

「はい。夢の中に虎丸が出てきて、あなたのせいではないのだとなぐさめられました。だから、も、もう自分を責めるのはやめて、旦那さまとなかよくしてくれと」

「……もしかして、虎丸を連れてきたのは、白い髪の娘ではなかったかい？」

「は、はい。とてもきれいなお姫さまのような……」

それではあなたもと、おくらに見つめられ、藤一郎はうなずいた。

夫婦はしばらくだまりこんだ。

と、じれったくなったのか、茶白の子猫が藤一郎の体に飛びつき、よじ登りだした。もう一匹もそれにつづく。

二匹をあわてて抱きかかえ、藤一郎は困ったようにおくらを見た。

「おくら……いいだろうか？」

「はい」

迷うことなくおくらはうなずいた。その顔には泣き笑いのような表情がうかんでいた。

「あのお姫さまが言っていたとおり、この家には猫がいたほうがようございます。……藤吉もきっとよろこびます。虎丸がいなくなって、とてもさびしがっていますから」

粥でも炊いてきますと、きびすを返そうとする妻の腕を、藤一郎はつかんで引きよせた。

「だ、旦那さま？　な、なにを……」

「すまなかった」

「え？」

「おまえだって、この家を守ろうとしてくれたのだものね。虎丸のことで責めてしまって悪かった。……やり直そう。二人でがんばって……ここをもっともっといい家にしよう」

「は、はい」

子猫らをはさみこむようにしながら、夫婦はしっかりと抱きあった。

そのすがたを、塀の上から見守る目があった。

目はしばしきらめいたあと、すいっと、塀の向こうへと消えていった。


「ってなわけで、あそこの夫婦はちゃんと仲直りしたみたいだよ。あれなら、子猫たちのこともかわいがってくれると思うな」

報告するのは、黒い化け猫くらだ。弥助に頼まれ、大藤屋まで子猫らを届けたのだ。

話を聞きおえ、弥助はふっと息をついた。

「よくやってくれたな、くら。王蜜の君を呼んでくれたことといい、恩に着るよ」

「いいさ。おいらとしても、不幸な猫は一匹だってへってくれたほうがいいんだ。……ところで、そっちの旦那はさっきからなんなんだい？　にまにまして、気味悪いんだけど」

くらに薄気味悪そうにながめられても、当の男、久蔵は笑いを引っこめようとしない。うへへへと、笑いっぱなしだ。

「そうかい。うまくいったかい。おれの見こんだとおりだ。いや、まったくよかった。うへへ。これできっと、おれの願いはかなえられる。うへへへ。そうだ。くらって言ったね。明日、おれの家においで。尾頭付きの鯛を用意しとくから。なに、ほんのお礼だから。じゃ、おれはそろそろ帰るよ。お乳母さんも帰ったころだと思うしね」

鼻歌まじりに久蔵は去っていった。

くらは困ったように弥助を見上げた。

「あの旦那、なにをそんなによろこんでたんだろ?」

「王蜜の君に恩を売って、生まれてくる子どもを男の子にしてもらいたいんだとさ」

「え?」

くらは目をしばしばさせた。

「……王蜜の君は、そんなことはなさらないと思うけどな。たしかに、あの御方の力は絶大だから、できないことはないかもしれないけど……生まれてくる命をどうこうするなんてこと、絶対なさらないはずだ。そういうことはきちんとわきまえていらっしゃると思う」

「……久蔵にはだまっておくことにするよ」

弥助は小さくつぶやいた。

その年の夏、初音は元気な双子の女の子を産みおとすのである。

妖怪(ようかい)の子預(あず)かります 6

2020年 9月11日　初版
2022年11月18日　4版

著　者
廣嶋玲子(ひろしまれいこ)

発行者
渋谷健太郎

発行所
(株)東京創元社
〒162-0814 東京都新宿区新小川町1-5
03-3268-8231(代)
http://www.tsogen.co.jp

装画・挿絵
Minoru

装　幀
藤田知子

印　刷
フォレスト

製　本
加藤製本

乱丁・落丁本は、ご面倒ですが小社までご送付ください。
送料小社負担にてお取替えいたします。

ISBN978-4-488-02826-8　C8093